메신저

MESSENGER

by Lois Lowry

Copyright © 2004 by Lois Lowry
All rights reserved.

Korean translation edition is published by BIR Publishing Co., Ltd.
in 2011 by arrangement with Walter Lorraine Books, an imprint of Houghton Mifflin
Harcourt Publishing Company through KCC (Korea Copyright Center Inc.), Seoul.

이 책의 한국어판 저작권은 KCC를 통해 Houghton Mifflin Harcourt Publishing Company와
독점 계약한 **(주)비룡소**에 있습니다.

저작권법에 의해 한국 내에서 보호를 받는 저작물이므로 무단 전재와 무단 복제를 금합니다.

메신저
Messenger

로이스 로리 글 | **조영학** 옮김
Lois Lowry

1

맷티는 저녁 준비와 식사가 끝나기만 애타게 기다렸다. 요리를 끝내고 식사를 마쳐야 밖에 나갈 수 있기 때문이다. 어서 어른이 되어, 식사 시간도 멋대로 정하고 급하면 아예 식사를 건너뛸 수 있으면 좋으련만. 맷티에겐 지금 할 일이 있다. 그 일을 하는 게 두렵긴 했다. 그래도 매도 먼저 맞는 게 낫다고 하지 않는가.

맷티는 어린애가 아니지만 그렇다고 어른도 아니었다. 맷티는 가끔씩 집 밖으로 나가 창문에 대고 서서 키를 재 보곤 했다. 예전에는 창턱까지밖에 닿지 않아 나무 틀에 이마를 대고 있어야 했는데 이젠 어려움 없이 안을 들여다볼 수 있을 만큼 컸다. 웃자란 잔디밭 쪽으로 뒷걸음질 치면 유리창에 비친 제 모습을 볼 수도 있었다. 맷티는 지금도 창에 모습을 비춰 보며 인상을 쓰고 노려보는 장난을 치곤 했다. 하지만 얼굴 표정이 무척 남자다워졌다는 생각도 들었다. 목소리도 이미 변성기 아닌가.

맷티는 맹인 아저씨를 도우며 함께 살고 있었다. 사람들은 그 맹인 아저씨를 '보는 자'라고 불렀다. 맷티는 청소가 싫었지만 집을 청소했다. 아저씨는 필요한 일이라고 했다. 그래서 맷티는 날마다 나무 바닥을 닦고 침대보를 정리했다. 아저씨의 침대는 깔끔하게, 그리고 부엌 옆에 있는 자기 방 침대는 대충대충. 두 사람은 함께 요리도 했다. 맹인 아저씨는 맷티의 재료 조합을 비웃으며 한 수 가르쳐 주려고 했으나 맷티는 마음이 초조했고 허브의 미묘함 따위에는 관심이 없었다.

맷티가 투덜댔다.

"한꺼번에 단지에 넣는 게 어때서요? 어차피 배 속에 들어가면 다 섞일 텐데."

사실 그건 늘 있는 해묵은 논쟁이었다. 맹인 아저씨는 싱긋 웃음을 지었다.

"네가 냄새를 맡아 보려무나."

맹인 아저씨가 자신이 직접 썬 연녹색 새싹을 내밀었다. 맷티는 시키는 대로 냄새를 맡았다.

"양파잖아요. 그냥 집어넣으면 돼요. 요리할 필요도 없는 거라고요. 하긴 그러면 입 냄새가 심하긴 하겠네요. 입 냄새만 좋으면 키스해 주겠다고 약속한 여자 애가 있거든요. 물론 놀리느라고 한 얘기겠지만."

맷티는 이렇게 중얼거리고는 어깻짓을 했다.

맹인 아저씨가 소년 쪽을 향해 미소를 지으며 말했다.

"놀리는 것도 키스에 필요한 재미란다."

소년의 얼굴이 금세 분홍색으로 물들었다.

맹인 아저씨가 키득거리며 다시 물었다.

"키스를 거래할 수도 있지. 넌 뭘 줄 거니? 낚싯대?"

"그만해요. 거래를 농담처럼 말하시면 어떡해요?"

"네 말이 맞구나. 내가 심했다. 옛날엔 거래도 가벼운 놀이였는데, 지금은…… 네 말이 맞다, 맷티. 그건 농담거리가 못 돼."

"내 친구 라몬이 부모님을 따라 지난번 거래장에 갔다는데 도통 얘기를 않으려 해요."

"그럼, 우리도 그만두자. 프라이팬의 버터는 다 녹았니?"

맷티가 보니 버터가 가볍게 끓으며 황갈색을 띠었다.

"예."

"그럼, 양파를 넣을래? 타지 않도록 잘 저어야 한다."

맷티는 주문대로 했다.

"다시 냄새를 맡아 보겠니?"

아저씨의 지시에 맷티가 코를 킁킁거렸다. 살짝 튀긴 양파 향에 침이 고이려고 했다.

아저씨가 물었다.

"날것보다 낫지?"

맷티가 투덜댔다.

"하지만 귀찮잖아요. 요리는 힘들어요."

"설탕을 조금 넣어라. 차 스푼 하나면 돼. 일 분쯤 후엔 토끼 고기를 넣을 게다. 조바심 내지 마라, 맷티. 넌 늘 서두르는데 그럴 필요가 없단다."

"어둡기 전에 할 일이 있어서 그래요. 확인할 게 있어서 저녁을 먹고 숲 속 빈터에 나가 봐야 해요."

맹인 아저씨가 웃었다. 아저씨는 테이블에서 토끼 고기 몇 점을 집어 들었다. 그리고 늘 그렇듯, 맷티는 그 모습에 또 놀라워했다. 어떻게 손놀림이 그렇게 단호할 수 있을까? 물건들이 어디에 놓여 있는지 어떻게 알지? 맷티는 아저씨가 노련한 손놀림으로 밀가루 입힌 고기를 프라이팬에 넣는 모습을 지켜보았다. 달콤한 양파 옆에서 고기가 지글거리기 시작했다. 그에 따라 향도 달라졌다. 아저씨가 다시 허브 한 움큼을 추가했다.

맷티가 인상을 찌푸리며 따졌다.

"밖이 어둡든 밝든 아저씨야 상관없겠지만 나한테는 빛이 필요하단 말이에요."

"뭘 보고 싶은 건데?"

아저씨는 이렇게 묻고는 얼른 덧붙여 말했다.

"고기가 노릇해지면 팬에 눌어붙지 않게 육수를 좀 넣어라."

맷티는 시키는 대로 육수 그릇을 기울였다. 아까 토끼를 삶고 남겨 둔 국물이었다. 짙은 국물이 볶은 양파와 다진 허브와 어우러지고는 다시 고기 조각을 감싸 안았다. 이제 뚜껑을 덮고 불을 낮출 때였다. 국물이 부글부글 끓는 소리를 들으며 맷티는 식탁에 두 사람 분 접시를 놓기 시작했다.

뭘 보고 싶으냐고 물었던 맹인 아저씨의 질문은 못 들은 척했다. 아직은 말하고 싶지 않았다. 빈터에 숨기고 있는 것에 대해서는 맷티도 당혹스럽기만 했다. 의미를 알 수 없어 무서웠다. 그걸 거래할 수도 있을까?

마침내 저녁 설거지와 정리가 모두 끝났다. 맹인 아저씨는 방석이 놓인 의자에 앉아 현악기를 집어 들었다. 여느 저녁때와 같은 모습이었다. 맷티는 살금살금 문 쪽으로 이동했다. 들키지 않게 빠져나가고 싶었지만 아저씨가 소리를 놓칠 리 없었다. 거미가 거미줄 한쪽에서 다른 쪽으로 이동하는 소리까지 듣는 분이 아니던가!

"또 숲으로 가는 게냐?"

맷티가 한숨을 내쉬었다. 탈출 실패.

"어두워지기 전에 돌아올게요."

"그래야지. 하지만 램프는 켜 두어라. 혹시 늦을지도 모르잖니? 어두워지면 창문 불빛을 등대처럼 사용하는 게 좋아. 어두워진 뒤 숲이 어떤 모습인지는 나도 기억하고 있단다."

"언제 기억인데요?"

아저씨가 미소를 지었다.

"볼 수 있었을 때의 기억이지. 네가 태어나기 한참 전이야."

맷티가 물었다.

"숲을 무서워하셨어요?"

많은 사람들이 숲을 두려워했고, 그럴 만한 이유가 있었다.

"아니. 모두 환각일 뿐인걸."

맷티가 인상을 찌푸렸다. 맹인 아저씨의 말을 이해할 수 없었다. 두려움이 환각이라는 건가? 아니면 숲이? 아저씨는 부드러운 천으로 악기의 나무판을 문질렀다. 이미 부드러운 악기에 마음이 가 있었다. 물론 그렇다고 소용돌이 모양의 나뭇결을 볼 수 있는 것도 아니었다. 어쩌면 시력을 잃은 사람한텐 모든 것이 환각일지도 모른다. 맷티는 그렇게 생각하기로 했다.

맷티는 기름이 남았는지 확인한 다음 램프의 심지를 길게 늘이고 성냥불을 켰다.

"램프 주둥이의 검댕을 청소해 둔 게 잘했다는 생각이 들 게다. 그렇지 않니?"

대답을 기대한 질문은 아니었다. 아저씨는 여느 저녁때와 마찬가지로 손가락으로 현을 뜯으며 신중하게 악기를 조율하기 시작했다. 맷티에게는 다 같은 소리였으나 아저씨는 음의 다양성을 식별하는 능력이 있었다. 맷티는 잠시 문간에 서서 그 모습을 지켜보았다. 테이블에서는 램프불이 깜빡였다. 아저씨가 창가 쪽으로 고개를 갸웃하고 있는 탓에 여름의 이른 저녁 햇살이 아저씨의 얼굴 상처를 더욱 깊게 만들어 주었다. 맹인 아저씨는 한껏 귀를 기울이다가 악기의 나무 목 뒤에 있는 나사를 돌린 다음에 다시 소리를 들었다. 이제 아저씨의 관심은 오로지 악기 음뿐이었다. 소년은 이미 잊혀졌다. 맷티는 슬그머니 밖으로 나왔다.

숲은 마을 어귀에 있었다. 맷티는 숲까지 곧바로 이어진 오솔길 대신 우회로를 선택했다. 학교 선생님 집 앞으로 지나갈 생각이었다. 선생님은 마음이 더할 나위 없이 좋지만 얼굴 반이 검붉은 색으로 덮여 있었다. 모반이라고 했다. 맷티가 처음 마을에 왔을 땐 저도 모르게 자꾸만 선생님 쪽으로 눈이 가곤 했다. 그런 자국이 있는 사람을 전에는 한 번도 본 적이 없었기 때문이다. 맷티가 떠나온 곳에서는 그런 흠을 용납하지 않았다. 결함이 있는 사람은 가차 없이 사형에 처해졌다.

하지만 이 마을에서는, 상처와 결함이 전혀 흠이 되지 않았다. 오히려 칭송을 받기도 했다. 맹인 아저씨도 망가진 눈 뒤에 숨은 특별한 보는 능력으로 보는 자라는 진짜 이름을 얻고 존경까지 받고 있다.

학교 선생님한테도 '조언자'라는 진짜 이름이 있지만, 아이들은 종종 '로지'라는 애칭으로 불렀다. 얼굴을 덮고 있는 진홍빛 모반 때문에 생긴 별명이었다. 아이들은 선생님을 사랑했다. 조언자는 현명하고 끈기 있는 선생님이었다. 맷티도 처음 이곳에 왔을 땐 하루 종일 학교에 있었다. 그리고 지금도 겨울 오후엔 보충 수업을 받으러 학교에 갔다. 조언자는 맷티에게 차분하게 앉아 있는 법과 귀를 기울이는 법, 궁극적으로는 글을 읽는 방법까지 가르쳐 주었다.

선생님 집으로 돌아가는 이유는 조언자를 만나거나, 화려한 화단을 감상하기 위해서는 아니었다. 그보다는 선생님의 예쁜 딸을 볼 수 있을까 하는 바람 때문이었다. 바로 키스의 약속으로 맷티를 골린 진이라는 소녀인데, 저녁때면 이따금 밖에 나와 화단을 손질했다.

하지만 오늘 저녁에는 소녀도, 소녀의 아버지도 보이지 않았다. 현관에는 뚱보 점박이 개가 잠들어 있었으나 집 안에는 아무도 없는 모양이었다.

차라리 잘된 거야. 맷티는 그렇게 생각했다. 만일 진과 마주쳤다면 진은 또 미소와 헛된 약속으로 맷티의 발걸음을 묶어 두려 했을 것이다. 물론 약속을 지킨 적은 없었다. 소녀가 사내애들 누구한테나 그런 약속을 남발한다는 것도 알고 있었다. 처음부터 이쪽으로 오지 말았어야 했건만.

맷티는 막대기를 주워 화단 옆길에 하트 모양을 그리고, 하트 안에 그 애의 이름과 자기 이름을 위아래로 적어 넣었다. 어쩌면 그걸 보고 자신이 다녀간 것을 알게 될지도 모른다. 어차피 신경도 쓰지 않겠지만 말이다.

"이봐, 맷티? 뭐 하냐? 저녁은 먹었어? 아직이면 같이 먹자."

친구 라몬이 막 모퉁이를 돌아 나오고 있었다.

맷티는 재빨리 라몬에게 다가갔다. 땅에 새긴 하트를 친구한테 들키고 싶지는 않았다. 어쨌거나 라몬의 집에 가는 건 재미있었다. 얼마 전에 라몬네 가족이 게임기라는 물건을 거래했기 때문이다. 화려한 무늬의 대형 상자에 달린 손잡이를 당기면 그 안에서 바퀴 세 개가 돌아가다가 한참 후 땡 하는 벨소리와 함께 멈춘다. 그때 작은 창 안의 그림 세 개가 일치하면 기계가 커다란 사탕을 내뱉는데 그 재미가 장난이 아니었다.

게임기 대신 그들이 뭘 내놓았는지 궁금하기도 했지만 물어볼 수는 없었다.

맷티가 대답했다.

"벌써 먹었어. 어두워지기 전에 다녀올 데가 있어서 일찍 마친 거야."

"나도 같이 가고 싶지만 감기 때문에 안 돼. 허브 채집자님 말씀이 너무 돌아다니면 안 좋대. 그래서 곧바로 집에 가겠다고 했거든. 하지만 네가 기다려 주면 집에 가서 한번……"

맷티가 황급히 대답했다.

"안 돼. 나 혼자 가야 하는 데야."

"오, 메시지가 있어?"

메시지는 없었지만 맷티는 고개를 끄덕였다. 사소한 거짓말을 한다는 게 약간 찔리기는 했어도 맷티는 늘 그런 식이었다. 거짓말을 하며 살았던 과거 때문이다. 이곳 사람들은 거짓말이 나쁘다고 생각하지만 맷티는 여전히 잘 이해되지 않았다. 맷티에게 거짓말은 종종 상황을 쉽고 편안하고 편리하게 해 주는 윤활유였다.

"그럼 내일 보자."

라몬이 손을 흔들고는 자기 집을 향해 달려갔다.

맷티는 산길을 손바닥처럼 잘 알았다. 실제로 몇몇 산길은 지난 몇 년간 맷티가 만들어 놓은 것이기도 했다. 빠르고 안전한 길을 찾아 여기저기 쏘다니다 보니 풀과 뿌리들이 평평하게 다져졌다. 숲에서 맷티는 빠르고 조용했다. 이정표 없이 사물의 방향을 느낄 수 있었고, 똑같은 방식으로 날씨를 느끼고 구름이 몰려오거나 바람의 방향이 바뀌기 훨씬 전에 비를 예언할 수도 있었다. 왜 그런지는 모르지만 그냥 알 수 있었다.

마을 사람들은 거의 숲 속에 들어가지 않았다. 그들에게 숲은 너무 위험했다. 때로는 숲이 닫혀 지나가려는 사람들을 꼼짝없이 묶어 두기도 했다. 끔찍한 시체들도 있었다. 마을을 떠나려던 사람들이 넝쿨이나 나뭇가지에 목과 팔다리가 끔찍하게 얽힌 채 시체로 발견되기도 했다. 숲은 그들의 존재를 알고 있었다. 숲은 맷티의 여행이 우호적이며 또 필요한 일이라는 사실도 알았다. 넝쿨이 맷티를 잡으려고 한 적은 없었다. 오히려 나무들이 뒤로 물러나 맷티가 지나갈 수 있도록 해 주는 편이었다.

언젠가 맷티는 맹인 아저씨한테 자랑스럽게 이렇게 말했다.

"숲은 날 좋아해요."

아저씨도 그 말에 동의했다.

"어쩌면 네가 필요해서 그럴 게다."

사람들도 맷티를 필요로 했다. 사람들은 맷티가 숲 속 길을 잘 알고 또 안전하게 다닐 수 있다고 믿게 된 후로는, 복잡한 미로에 갈림길 투성이 숲 속을 지나야 하는 심부름을 모두 맷티에게 맡겼다. 맷티는 사람들을 위해 메시지를 전달했고 그게 그의 일로 굳어졌다. 맷티는 때가 되어 진짜 이름을 받게 될 때 자신에게는 '메신저' 라는 이름이 선택될 거라고 생각했다. 메신저라니, 어감도 좋았다. 맷티는 하루 빨리 그 이름을 갖고 싶었다.

라몬한테는 메시지가 있다고 얘기했지만 오늘 저녁 맷티는 메시지를 전달하지도 모으지도 않았다. 맷티는 숲 속의 빈터로 향했다. 뾰족한 소나무 군락지 바로 너머에 펼쳐진 넓은 공터다.

맷티는 능숙하게 작은 여울을 뛰어넘고 커다란 나무 사이에서 길을 벗어난 다음 빽빽한 소나무 숲을 헤집고 들어갔다. 최근 몇 년간 나무들이 빠르게 자라 빈터가 완전히 가려진 덕분에 그곳은 맷티의 비밀 공간이 될 수 있었다.

맷티는 새로 발견한 자신의 모습 때문에 혼자 있을 곳이 필요했다. 비밀리에 실험해 보고, 그 의미가 가져다 줄 두려움도 가늠해 봐야 했다.

빈터는 어둑어둑했다. 태양이 뉘엿뉘엿 마을을 넘어가고 있었다. 숲을 지나온 햇빛은 어스레한 분홍빛을 띠었다. 맷티는 빈터의 이끼 낀 바닥을 가로질러, 나무 밑동 근처의 키 큰 고비 숲으로 향했다. 그리고 그곳에 웅크리고 앉아 양치류 쪽으로 고개를 잔뜩 기울이고 부드러운 소리를 내 보았다. 나름대로 열심히 연습한 음이다. 잠시 후 맷티도 소리를 들었다. 듣고 싶었던 소리이자 듣게 될까 봐 불안했던 바로 그 응답.

맷티는 덤불 속으로 조심스럽게 손을 뻗어 조그만 개구리 한 마리를 들어 올렸다. 손바닥 위에서 개구리가 툭 불거진 눈으로 맷티를 올려다보다가 다시 소리를 냈다. 꾸르륵.

꾸르륵.

꾸르륵.

맷티는 개구리의 울음소리를 따라 했다. 맷티와 개구리는 마치 대화를 나누는 듯 보였다. 맷티는 마음이 초조한데도 개구리 소리를 주고받다 보니 웃음이 났다. 맷티는 미끄덩거리는 녹색 몸을 가만히 만져 보았다. 개구리는 달아날 생각도 않고, 투명한 목청을 파르르 떨기만 했다.

맷티는 원하던 것을 찾았다. 그러나 한편으로는 찾지 못하기를 바란 것도 사실이었다. 이 작은 개구리가 특징 없는 보통 개구리라면 앞으로 맷티의 삶은 훨씬 쉬울 것이다. 하지만 그 개구리는 평범하지 않았다. 맷티도 그러리라 예상했다. 그리고 자신의 삶이 완전히 바뀌리란 것도 알고 있었다. 그의 미래는 결국 낯설고 비밀스러운 모퉁이를 돌고 말았다. 그렇다고 개구리 잘못은 아니었다. 맷티는 녹색 피조물을 양치류 숲에 도로 내려놓았다. 그리고 개구리가 다른 곳으로 떠나자 이파리들이 파르르 떠는 모습을 무심히 지켜보았다. 그러고 보니 맷티도 떨고 있었다.

짙은 그림자로 뒤덮인 숲길을 따라 마을로 돌아오다가, 맷티는 시장 너머에서 들려오는 이상한 소리를 들었다. 처음엔 놀랍게도 사람들이 노래를 부르고 있나 보다고 생각했다. 노래를 부르는 게 특별한 일은 아니었지만 밖에서, 저녁에 부르는 경우는 흔하지 않았다. 맷티는 당혹스러운 마음에 걸음을 멈추고 귀를 기울여 보았다. 그건 노래가 아니라 슬픈 리듬의 곡소리, 즉 상실의 울음소리였다. 맷티는 다른 걱정들을 제쳐 두고 마지막 저녁 햇빛을 쫓아 바삐 귀갓길을 서둘렀다. 자신을 기다리고 있는 맹인 아저씨가 설명해 줄 것이다.

2

"어젯밤 채집자 아저씨한테 무슨 일이 있었는지 들었냐? 돌아오다가 길을 잃은 모양이야."

라몬과 맷티는 낚싯대를 챙겨 연어를 잡으러 갈 참이었다. 라몬은 쏟아내듯 새 소식을 알려 주었다.

맷티는 친구의 말에 움찔했다. 채집자가 숲에 갇혔다는 뜻이었다. 채집자는 어린아이들과 작은 동물을 사랑하며, 잘 웃고 쌈박한 농담도 잘하는 사람이었다.

라몬은 뉴스 전파자를 꿈꾸는 소년답게 거만하기 짝이 없는 말투로 말했다. 맷티는 친구를 무척 좋아했지만 이따금 그의 진짜 이름이 허풍선이로 밝혀질지 모른다는 생각도 했다.

"그걸 어떻게 알아?"

"사람들이 어젯밤 학교 뒷길에서 발견했어. 너랑 헤어지고 나서 웅성거리는 소리를 들었는데 사람들이 시신을 들고 들어오더라고."

"나도 소리는 들었어. 아저씨와 나도 누군가 걸린 모양이라는 생각은 했지."

맷티가 전날 밤 집에 돌아왔을 때 맹인 아저씨는 잠자리를 정리하면서 걱정스러운 표정으로 사람들의 낮은 울음소리를 듣고 있었다. 분명히 많은 사람들의 흐느낌이었다.

맹인 아저씨가 신발을 벗다 말고 심각한 얼굴로 말했다.

"누군가 길을 잃은 모양이구나."

아저씨는 잠옷으로 갈아입고 침대에 걸터앉았다.

맷티가 물었다.

"지도자님께 메시지를 전해야 할까요?"

"벌써 알 게다. 소리를 들었을 테니까. 곡소리잖니."

"우리는 안 가도 돼요?"

한편으로 맷티는 가고 싶었다. 장례에 참석해 본 적이 한 번도 없었기 때문이다. 하지만 아저씨가 고개를 젓는 것을 보며 왠지 마음이 놓인 것도 사실이었다.

"저 정도면 충분해. 소리 크기로 미루어 보건대 모두 열두 명이 모여 있구나."

 늘 그렇지만 맷티는 맹인 아저씨의 지각 능력에 혀를 내둘렀다. 맷티에게는 그저 슬픈 합창소리로만 들렸던 것이다.

 "열둘이요? 열하나나 열셋이 아니라, 정말 열둘이라고 확신하세요?"

 맹인 아저씨는 맷티가 놀리려고 던진 질문이라고는 생각도 못 하고 말을 이었다.

 "최소한 여자가 일곱이야. 모두 다른 높낮이를 갖고 있지. 남자는 모두 다섯인데 하나는 아주 어리구나. 대충 네 또래일 게다. 어른들만큼 목소리가 깊지 못해. 그래, 네 친구가 분명해. 그 애 이름이 뭐랬지?"

 "라몬이요?"

 "맞아, 라몬의 목소리야. 그런데 목소리가 쉰 거냐?"

 "예, 감기에 걸렸어요. 그래서 약초를 복용한대요."

 맷티는 아저씨와 나눴던 대화를 떠올리고는 친구한테 물었다.

 "너도 곡했냐? 네 목소리도 들리는 것 같던데."

 "응. 맞아. 인원이야 충분했지만 그래도 끼워 주더라고. 하지만 이놈의 감기 때문에 목소리가 개판이었지. 솔직히 말하면 시체를 보고 싶어서 간 거야. 한 번도 본 적 없거든."

"봤잖아. 사람들이 나무 재배자를 매장할 때 나하고 본 건 뭔데? 강물에 빠져 익사한 여자애를 건져 낼 때도 보지 않았어? 분명히 너도 그때 있었다고."

"숲에 잡힌 시체 얘기야. 시체는 많이 봤지만 숲의 시체를 본 건 어젯밤이 처음이란 말이야."

그건 맷티도 마찬가지였다. 맷티도 소문으로만 들었을 뿐이다. 나뭇가지와 넝쿨에 잡히는 건 너무 희귀해 먼 옛날 신화로 여겨질 정도였다.

"어떻디? 굉장히 끔찍하다고 하던데."

라몬이 고개를 끄덕였다.

"정말이야. 처음엔 넝쿨들이 아저씨의 목을 낚아챈 모양이야. 불쌍한 채집자 아저씨. 아저씨도 넝쿨을 풀어 보려고 했지만 결국 두 손까지 잡히고 만 거야. 완전히 갇히고 만 거지. 얼굴 표정이 어찌나 섬뜩했다고. 두 눈을 크게 뜨고 있었는데 잔가지들이 눈썹 밑을 파고 들어갔더라고. 입안에도 가지들이 가득했는데 혀를 돌돌 휘감고 있었다니까."

맷티가 몸을 부르르 떨었다.

"정말 좋은 분이셨는데. 채집하고 오시면 우리한테 딸기를 던져 주셨잖아. 입을 크게 벌리고 있다가 내가 용케 받아먹으면 좋아하시면서 또 던져 주셨지."

맷티가 한숨을 내쉬자 라몬도 슬픈 표정을 지었다.

"그래. 게다가 아줌마가 또 아기를 낳았잖아. 사람들 말이, 그래서 숲에 들어가셨대. 가족한테 아기 소식을 전하려고."

"하지만 이렇게 될 줄 모르셨나? 경고를 받으셨을 것 아냐?"

라몬이 갑자기 큰 기침을 시작하더니 허리를 굽히고 숨을 몰아쉬었다. 잠시 후 그가 다시 허리를 세우고 어깻짓을 해 보였다.

"아줌마 말로는 아니래. 첫 아이가 태어났을 때에도 숲에 갔었는데 아무 문제 없었다는 거야. 경고도 없었고."

맷티는 그 생각을 해 보았다. 채집자는 분명 경고를 대수롭지 않게 여겼을 것이다. 초기 경고들은 대개 가벼웠기 때문이다. 그 친절하고 행복해 보였던 아저씨가 그렇게 야만적으로 숲에 잡혀 결국 두 아이를 아빠 없는 아이로 만들었다고 생각하니 가슴이 너무도 아팠다. 숲은 언제나 경고를 했다. 그건 분명하다. 맷티도 자주 숲 속에 들어가기 때문에 늘 신경을 썼다. 만일 한 번이라도 경고를 받으면 다시는 들어가지 않을 생각이었다. 맹인 아저씨가 숲에 들어간 건 단 한 번뿐이었다. 과거의 마을에 아저씨의 지혜가 필요했기 때문이다. 아저씨는 안전하게 돌아왔지만 귀갓길에 가벼운 경고를 받아야 했다. 그러니까 잔가지 같은 것이 갑자기 아프게 찔러 댄 것이다. 물론 눈으로 볼 수는 없었지만, 나중에 말하기로는 경고가 나타났다는 느낌을 받았다고 했다. 그에게 보는 자라는 진짜 이름을 안겨 준 그 통찰로 인식했다고 했다. 하지만 그때 어린 맷티도 안내자 역할로 길을 함께 나섰었다. 맷티는 실제로 잔가지가 저절로 커지고 날카로워져서 아저씨를 찌르는 광경을 똑똑히 보았다. 의심의 여지는 없었다. 그건 분명 경고였다. 두말할 것 없이 그 후로 맹인 아저씨는 숲에 들어가지 못했다. 돌아갈 시간이 끝나 버린 것이다.

맷티는 한 번도 경고를 받은 적이 없었다. 맷티는 수도 없이 숲에 들어가 길을 따라 달리고 작은 동물들한테 말을 걸었다. 맷티는 무슨 이유가 있어 자신은 숲에게 특별한 존재라고 생각했다. 맷티는 아주 많이 어렸을 적에 혹독한 고향을 떠나 처음 숲에 들어간 이후로 벌써 몇 년째 숲 속 길을 헤집고 다녔다. 그러니까, 벌써 육 년이 지났다.

라몬이 단호하게 말했다.

"난 다시는 안 들어갈 거야. 채집자 아저씨를 보고 났더니 정나미가 떨어졌어."

"넌 돌아갈 곳이 없잖아. 마을에서 태어났으니까. 그건 자기가 떠나온 곳에 볼일이 있는 사람들 얘기야."

"너처럼."

"나처럼. 하지만 난 조심해."

"난 아예 들어가지 않을 거야. 야, 여기도 고기 잘 잡히지 않냐? 멀리 가고 싶지 않아서 그래. 요즘 금방 피로해지거든."

라몬이 화제를 바꾸었다. 두 소년은 강 쪽으로 방향을 잡았다. 옥수수 밭을 에두르자 곧바로 잡풀이 우거진 강둑이 나왔는데 전에도 종종 고기를 낚던 곳이었다.

"지난번엔 여기서 엄청 잡았잖아. 엄마가 몇 마리 요리를 했는데 얼마나 많던지 저녁에도 먹고 게임기 놀이를 하면서 또 뜯어먹었다니까."

또 게임기 얘기다. 라몬은 요즘 툭하면 게임기를 언급했다. 어쩌면 라몬의 진짜 이름은 떠버리가 될지도 모르겠다. 맷티는 이미 허풍선이를 마음에 두고 있었지만 왠지 떠버리가 더 적절할 것 같다는 생각이 들었다. 아니면 뺑쟁이든가. 맷티는 게임기 얘기를 듣는 게 지긋지긋했다. 조금 질투도 났다.

"그래, 여기야." 맷티가 대답했다.

맷티는 비탈진 둑을 기어 내려가 바위 쪽으로 다가갔다. 두 아이는 개울 쪽으로 돌출한 거대한 바위 위에 자리를 잡았다. 이제 낚시 도구를 준비하고 줄을 던져 연어를 낚기만 하면 된다.

마을은 조용하고 평화로운 일상을 이어 가고 있었다. 채집자는 오늘 아침에 매장되었다. 미망인은 지금 집 앞 베란다에서 갓난아이에게 젖을 물리고 있다. 겨우 걸음마를 배운 아이는 바닥에서 놀고 있고, 위로차 들른 여인들은 뜨개질과 자수감을 들고 앉아 애써 즐거운 얘기만 늘어놓았다.

학교에서는, 학교 선생님인 조언자가 여덟 살 먹은 개구쟁이 가베를 지도하고 있었다. 노는 데 정신이 팔려 공부를 게을리한 탓에 보충 수업이 필요해진 것이다. 조언자의 딸 진은 시장 가판대에서 꽃다발과 새로 구운 빵을 팔면서 자신을 찾아온 호리호리하고 수줍음 많은 남자애들과 시시덕거리며 웃고 있었다.

보는 자는 마을 골목골목을 다니며 사람들을 살피고 개인들의 행복 지수를 측정했다. 그는 울타리 말뚝과 교차로 하나까지 모르는 게 없고, 목소리와 냄새와 그림자까지 식별이 가능했다. 뭔가 어긋난 게 있다면 최선을 다해 그걸 바로잡을 터였다.

어느 집 창문에서는, 지도자라는 이름으로 알려진 키 큰 청년이 자신이 사랑하는 사람들이 사는 마을의 느긋하면서도 경쾌한 맥박을 지켜보고 있었다. 사람들은 그를 지도자로 뽑아 자신들을 다스리고 보호하게끔 했다. 지도자는 소년이었을 때, 힘들게 길을 찾아 이곳에 왔다. 박물관 유리 케이스 안에는 망가진 썰매가 하나 들어 있는데, 그 밑에는 지도자가 타고 온 썰매라는 설명이 붙어 있었다. 박물관에는 수많은 정착 유물이 보관되어 있었다. 마을에서 태어나지 않은 사람들은 저마다 이야기 하나씩은 갖고 있기 때문이다. 보는 자의 이야기도 그곳에 기록되어 있었다. 적들에게 눈을 뽑히고 미래까지 빼앗긴 곳에서 송장이나 다름없는 상태로 어떻게 여기로 오게 되었는지에 대한 이야기였다.

박물관 유리 케이스엔 구두와 지팡이와 자전거와 휠체어도 있었다. 하지만 지도자의 붉은색 썰매야말로 마을의 진정한 용기와 희망의 상징이었다. 지도자는 젊지만 사람들에게 용기와 희망을 보여 주었다. 이제 이곳은 그의 고향이고 마을 사람들은 그의 동료들이다. 지도자는 여느 오후와 마찬가지로 창가에 서서 마을을 지켜보았다. 통찰력 있는 특유의 투명하고 푸른색 눈으로.

지도자는 오솔길을 누비는 맹인을 감사의 마음으로 내려다보았다.

현관에서 갓난아이를 어르며 남편을 애도하는 젊은 여인도 눈에 들어왔다. '너무 슬퍼 말아요.' 그는 마음속으로 중얼거렸다.

옥수수 밭 너머에서는 맷티와 라몬이라는 두 소년이 강에 낚

싯줄을 드리우고 있었다. '많이 잡으려무나.'

시장 너머 공동묘지엔 채집자의 망가진 몸이 묻혀 있었다. '편히 쉬세요.'

마지막으로 지도자는 마을의 경계를 살폈다. 숲길이 시작되는 곳은 두터운 그림자로 덮여 있었다. 지도자는 그림자 너머를 볼 수 있었으나 지금 자신의 눈에 비친 것이 무엇인지 확신할 수는 없었다. 그저 모호한 그림자 같기는 했지만 숲에는 분명 마음을 어지럽히고 불편하게 하는 뭔가가 있었다. 지도자는 그게 좋은 건지 나쁜 건지도 알 수 없었다. 아직은.

빈터 근처의 두터운 덤불 속, 그러니까 지도자의 당혹스러운 자각이 끝나는 곳에서는, 작은 녹색 개구리 한 마리가 끈끈한 혀로 재빨리 벌레를 낚아채 먹고 있었다. 개구리는 잔뜩 웅크린 채 불거진 두 눈을 사방으로 돌리며 다른 먹이를 찾았다. 이윽고 먹이를 찾는 데 실패한 개구리가 팔딱팔딱 뛰어가기 시작했다. 뒷다리 하나가 묘하게 뻣뻣하기는 했으나 개구리도 거의 눈치채지 못할 정도였다.

3 ⋯▸

"우리한테 게임기가 있다면 저녁 시간에 지루할 일이 없을 거예요."

맷티가 짐짓 아무렇지도 않다는 투로 내뱉었다.

"맷티, 저녁이 지루한 거냐? 나랑 함께 책 읽는 걸 좋아하는 줄 알았는데?"

아저씨가 웃으며 말을 정정했다.

"미안하다. 내 말은 넌 나한테 책을 읽어 주고 난 듣는다는 뜻이다, 맷티. 어쨌든 그 시간이 나한텐 가장 소중한 시간이란다."

맷티가 어깻짓을 했다.

"아뇨, 저도 아저씨한테 책 읽어 드리는 거 좋아요. 그래도 짜릿한 맛은 없잖아요."

"에, 그럼 다른 책을 골라 보는 게 어떨까? 지난번 책은, 제목도 잊었구나, 맷티, 다소 속도가 느리긴 했지. 그래,『모비 딕』. 바로 그 책이었어."

"책은 괜찮았는데 너무 길었죠." 맷티가 인정했다.

"그럼, 도서관에 부탁해서 좀 더 속도감 있는 책으로 달라고 하렴."

"게임기가 어떻게 작동하는지 제가 말한 적 있나요? 진짜 속도감 최고예요."

맹인 아저씨가 키득거렸다. 전에도 여러 번 들은 얘기였다.

"맷티, 채소밭서 상추 한 포기만 뽑아 오너라. 그동안 난 생선이나 마저 다듬어야겠다. 내가 생선을 요리할 테니 넌 샐러드를 맡아 다오."

맷티는 문밖 채소밭으로 나가면서도 큰 소리로 떠들어 댔다.

"그뿐이 아니에요. 식사를 더욱 더 풍요롭게 해 주기도 한다니까요. 달콤한 디저트로요. 말 안 했던가요? 게임기를 이기면 달콤한 사탕을 준다고요."

맹인 아저씨는 흥겨운 목소리로 대꾸해 주었다.

"상추 가지러 간 김에 잘 익은 토마토가 있는지도 봐 다오. 달콤한 것으로."

맷티도 지지 않았다.

"페퍼민트 맛 사탕을 얻을 수도 있어요. 아니면 젤리나 새콤달콤 사탕도 있고요."

맷티는 뒷 계단 옆 채소밭에서 작은 상추 한 포기를 뽑았다. 그리고 잠시 망설이다가 가까운 넝쿨에서 오이도 끊고 바질 잎도 몇 장 뜯었다. 그리고 부엌에 돌아와 샐러드 재료를 싱크대에 넣고 건성으로 씻기 시작했다.

맷티는 똑 부러지게 말했다.

"새콤달콤 사탕은 색마다 맛이 달라요. 아, 물론 아저씬 관심 없겠지만요."

맷티는 한숨을 내쉬며 주변을 둘러보았다. 맹인 아저씨의 눈에 보일 리 없겠지만 어쨌든 맷티는 가까운 벽을 손으로 가리켜 보였다. 벽은 화려한 태피스트리로 장식되어 있었다. 아저씨의 재능 있는 딸이 수놓은 작품으로, 맷티도 종종 그 앞에 서서 감탄의 눈으로 복잡한 자수를 감상하곤 했다. 두 개의 작은 마을을 갈라놓은 거대한 밀림. 그건 바로 맷티 자신과 맹인 아저씨의 인생을 보여 주는 지형이었다. 둘 다 저 마을에서 이곳으로 이주해 왔기 때문이다. 그때의 소름끼치는 고생이란.

"게임기는 저 자리에 세워 두면 돼요. 진짜 편리한 기계예요. 지극히요."

마지막 부사는, 아저씨가 맷티의 어휘 연습을 좋아하기 때문에 덧붙인 것이다.

아저씨는 싱크대로 건너가 씻은 상추를 옆으로 밀어놓고 다듬은 연어 스테이크를 헹구었다.

맹인 아저씨가 물었다.

"그러니까 핸들 한 번 당기면 알사탕 하나 내뱉는 걸 지켜보는 대단한 재미 때문에 독서와 음악 감상을 포기하자는 거냐? 그걸 거래장에 내놓자는 얘기인 거야?"

그렇게 말하니까, 맷티도 왠지 게임기가 별로 대단한 거래 같아 보이지 않았다.

"에, 그냥 재미죠."

"재미라."

아저씨는 똑같이 되뇌고는 다시 물었다.

"화덕에 불 붙였니? 프라이팬은 준비됐고?"

맷티가 화덕을 바라보며 대답했다.

"잠깐만요."

불붙은 장작을 조금 휘젓자 금세 불꽃이 일었다. 맷티는 기름을 두른 팬을 그 위에 올려놓았다.

"생선은 제가 할 테니까 아저씨는 샐러드를 만드세요. 아, 참, 바질도 조금 가져왔어요. 아저씨는 샐러드 완벽주의자니까요. 상추 바로 옆에 있어요."

맷티는 맹인 아저씨가 노련한 솜씨로 바질 잎사귀를 찾아 그릇에 뜯어 넣는 모습을 지켜보았다. 그러고 나서 맷티는 생선을 집어 프라이팬에 넣은 다음 기름을 둘렀다. 연어 튀김 향이 방 안을 가득 채웠다.

밖에는 땅거미가 지고 있었다. 맷티가 기름 램프의 심지를 늘려 불을 붙였다.

"그거 아세요? 그림이 맞으면 종소리가 들리고 화려한 빛이 마구 깜빡여요. 아저씨한테야 그게 아무것도 아니겠지만 우리 아이들한테는 정말로……"

"맷티, 맷티, 맷티, 한눈 팔면 안 된다. 생선이 금방 타잖니. 요리가 끝났다고 종이 울리는 것도 아니고. 그리고 잊지 마라. 그 사람들은 게임기를 사려고 뭔가 내놓았단다. 모르긴 몰라도 대가가 만만치는 않았을 게다."

맷티는 인상을 찌푸렸다.

"가끔 감초 젤리가 나오기도 해요."

그건 맷티의 마지막 시도였다.

"그들이 뭘 내놓았는지 알고 있니? 라몬이 말해 주던?"

"아뇨. 누가 그런 얘길 하나요?"

"그 애도 모를 거야. 부모님이 말해 주지 않았을 테니까. 아마도 무척 소중한 것이겠지."

맷티는 화덕에서 프라이팬을 들어 노릇노릇하게 익은 생선을 접시 두 개에 하나씩 옮겨 담았다. 그리고 접시를 식탁에 가져다 놓고 싱크대에 있던 샐러드 그릇도 옮겨 왔다.

"준비 끝!" 맷티가 말했다.

아저씨는 빵 바구니로 다가가 새로 구운 두툼한 빵 두 조각을 찾아냈다.

"오늘 아침 시장에서 구했다. 조언자의 딸이 팔더구나. 나중에 좋은 아내가 될 게야. 그 애 목소리만큼이나 얼굴도 예쁘냐?"

맷티는 선생님의 예쁜 딸 얘기로 주제를 바꿀 생각은 없었다. 둘 다 자리에 앉자마자 맷티가 물었다.

"다음 거래장은 언제 열려요?"

"넌 아직 어려."

"곧 열릴 거라는 얘기를 들었어요."

"내 말 명심해라. 넌 아직 어려."

"영원히 어린애는 아니에요. 경험도 중요하잖아요."

맹인 아저씨가 고개를 저었다.

"견디기 힘들 거야. 어서 먹어라. 식기 전에."

맷티는 포크로 연어를 찍었다. 더 이상 식탁에서 거래 얘기가 나오지 않으리란 것을 맷티는 알았다. 맹인 아저씨는 단 한 번도 거래를 해 본 적이 없고 또 그 사실을 자랑스러워했다. 하지만 맷티는 언젠가 하고 말겠다고 다짐했다. 게임기가 아니라도 맷티가 원하는 건 무궁무진했다. 당연히 거래가 어떻게 이뤄지는지 알 필요가 있었다.

그리고 언젠가는 알아낼 것이다. 하지만 지금은 다른 걱정거리가 있었다. 아직 아저씨한테도 털어놓지 못했다.

마을에는 비밀이 없었다. 그건 지도자가 제안한 규칙 가운데 하나이며 마을 사람들 모두 그 제안에 찬성했다. 다른 곳에서 온 사람들, 즉 이곳에서 태어나지 않은 사람들은 모두 비밀이 있는 곳에서 왔다. 그들도 가끔 과거의 마을에 대해 얘기했지만 지극히 드문 경우였다. 어쩔 수 없이 슬픈 얘기가 되기 때문이다. 잔혹한 정부, 가혹한 처벌, 처절한 가난, 또는 거짓된 평화뿐인 마을들.

그런 마을은 굉장히 많았다. 맷티도 그런 얘기를 듣노라면, 어린 시절 기억이 떠오르는 통에 크게 당혹스러웠다. 처음 마을로 오는 길을 찾았을 때만 해도, 맷티는 자신의 야만적인 태생이 예외적인 경우라고 생각했다. 아버지 없는 헛간 같은 집, 자신과 동생을 피가 나도록 매질하던 끔찍한 엄마. 하지만 지금은 넓디넓은 세계 어디에나 공동체가 있고 사람들이 고통을 겪고 있다는 사실을 알고 있다. 꼭 그처럼 매질과 굶주림 때문이 아닐 수도 있었다. 그건 무지에서 비롯될 수도 있었다. 알지 못해서. 지식이 차단되어서.

맷티는 지도자를 믿었다. 아이들을 비롯한 마을 시민 모두가 읽고, 배우고, 참여하고, 서로를 돌봐야 한다는 지도자의 신념도 믿었다. 그래서 맷티도 최선을 다해 공부했다.

이따금 저도 모르게 과거 습관이 나오기도 했다. 생존을 위해 교활하고 야비한 꼬마로 살았을 때처럼.

처음에 맹인 아저씨와 함께 살기 시작했을 때 사소한 범죄를 저지르다가 걸린 적이 있었다. 그때 맷티는 시무룩하게 이렇게 대꾸했다.

"나도 어쩔 수 없어요. 배워먹은 게 그런 거니까."

"배운 게." 아저씨가 바로잡아 주었다.

"배운 게." 맷티가 되뇌었다.

"그럼 이제 다시 배워야지. 정직을 배우는 거다. 맷티, 너를 벌해서 미안하다만 마을은 정직하고 예의 바른 사람들이 사는 곳이야. 난 네가 우리와 같기를 바란단다."

맷티가 고개를 푹 숙였다.

"그래서 때리실 거예요?"

"아니, 네 벌은 오늘 공부가 없다는 거다. 학교에 가는 대신 나를 도와 채소밭을 손봐야 해."

정말로 우스꽝스러운 벌이었다. 도대체 누가 학교에 가고 싶어 할까? 적어도 맷티는 아니었다!

그런데 막상 학교에 갈 수 없는 상황이 되자 아이들이 학교에서 암기하고 노래하는 소리에 왠지 마음이 아팠다. 그 후 맷티는 조금씩 행동거지를 바르게 하는 법을 배웠고, 조금씩 행복한 마을 아이에 성실한 학생으로 변모해 갔다. 그리고 벌써 곧 학교를 졸업할 나이가 되었다. 지금이야 과거의 나쁜 버릇에 기대는 경우는 거의 없지만 행여 그러더라도 늘 들키곤 했다.

지금 불안한 이유도 그 때문이었다. 비밀이 생겼다는 것.

4 ....

급한 메시지가 있다며 지도자가 맷티를 소환했다.

맷티는 지도자 집에 가는 걸 좋아했다. 우선은 계단 때문이었다. 맷티와 맹인 아저씨의 집에는 없지만 계단은 어느 집에나 있다. 하지만 지도자의 계단은 아름다운 나선형이었다. 맷티는 그 신기한 계단을 오르내리는 걸 좋아했다. 책 때문이기도 했다. 다른 집에도 책은 있다. 맷티한테는 교과서 몇 권이 전부라, 이따금 도서관에서 책을 빌려 와 저녁 시간에 아저씨한테 읽어 주곤 했다. 물론 두 사람 모두 좋아하는 시간이었다.

하지만 지도자 혼자 살고 있는 집은 맷티가 본 어느 집보다도 책이 많았다. 구석의 부엌을 제외한 1층 전부가 책장으로 가득했고 책장은 온갖 종류 책들로 채워졌다. 지도자는 원하면 어떤 책이든 꺼내 봐도 좋다고 했다. 물론 소설책도 있었지만 맷티가 도서관에서 본 책들과는 사뭇 달랐다. 역사책도 당연히 있었다. 역사책은 학교에서 배운 것과 비슷했는데 그 가운데 최고는 세월을 거듭하면서 세상이 어떻게 변했는지를 보여 주는 지도책들이었다. 내지가 유광지로 된 어떤 책은 맷티가 한 번도 본 적 없는 희한한 풍경, 기이한 옷을 입은 사람들, 전쟁 그림 등을 담고 있었고, 새로 태어난 아기를 안고 있는 여인을 그린 그림도 많았다. 다른 시대와 다른 세계의 언어로 쓰인 책들도 적지 않았다.

맷티가 책에 쓰인 낯선 언어를 가리키자 지도자는 묘한 웃음을 지었다.

"그건 그리스어라는 거야. 단어 몇 개 정도는 읽을 수 있는데 내가 어릴 적 살던 마을에선 그 언어를 배우는 것이 허락되지 않았단다. 그래서 한가할 때 조언자를 불러 도움을 받기는 하는데……(한숨)…… 아직은 여가가 많지 않아. 좀 더 나이가 들어야 차분하게 앉아 공부할 시간이 허락되려나 보다. 어쨌거나 재미있을 거야."

맷티는 책을 돌려놓고 그 옆에 세워 둔 책들을 손등으로 가볍게 훑어 내려갔다.

"배우면 안 되는데 왜 책을 갖는 건 금지하지 않았나요?"

맷티의 질문에 지도자가 웃으며 되물었다.

"작은 썰매를 봤지?"

"박물관에서요?"

"그래, 내가 타고 온 썰매 말이다. 사람들이 그걸 대단하게 여기는 바람에 당혹스럽기는 하지만, 어렸을 때 그 썰매를 타고 온 건 사실이야. 절망에 빠진 채 반쯤 죽어 있었지. 책은 한 권도 없었어. 책은 나중에 도착했단다. 그 책들이 도착한 날, 너무 놀라 쓰러지는 줄 알았다."

맷티는 수천 권의 책을 둘러보았다. 아무리 튼튼한 팔로 안아도 한 번에 열 권 이상은 불가능할 것 같았다.

"어떻게 온 거예요?"

"바지선으로. 갑자기 나타났어. 배 위엔 커다란 상자들이 그득했고 모두 책으로 가득 차 있었지. 그때까지만 해도 난 늘 두려워했단다. 일 년이 지나고 이 년이 지나도 무서웠어. 아직도 나를 찾아와 사형에 처할 것만 같았지. 그 전엔 마을을 탈출한 사람이 하나도 없었거든.

그러다가 그 책들을 봤을 때 비로소 알았어. 상황이 바뀌어 내가 비로소 자유로운 몸이 되었음을, 그리고 내가 떠나온 그곳

사람들이 보다 나은 공동체를 만들려고 마을을 재건하고 있다는 것을. 그러니까 그 책은 사면의 증표였던 셈이지."

"그럼 돌아가실 수 있는 거예요? 너무 늦었나요? 혹시 숲의 경고를 받은 적 있으세요?"

맷티가 연거푸 질문을 던졌다.

"아니, 하지만 왜 돌아가야 하지? 다른 사람들과 마찬가지로 이제 이곳이 내 고향이야. 박물관을 지어 우리가 어떻게, 왜 이곳에 왔는지 상기시키는 이유도 바로 거기에 있단다. 옛날에 대한 지식과 경험을 가지고 새롭게 시작할 새 고장을 일구기 위해서야."

맷티는 지도자의 집에 오면 늘 그랬듯 오늘도 책을 찬양했으나 그렇다고 한가로이 책을 꺼내거나 살펴볼 틈은 없었다. 위층까지 똬리를 틀며 상승하는 나선형 계단의, 복잡하고 화려한 문양들을 하나하나 감상할 여유도 없었다. 지도자가 "여기다, 맷티."라고 부르자 맷티는 2층까지 한달음에 뛰어 올라가 지도자가 살고 일하는 넓은 방 안으로 들어갔다.

책상에 앉아 있던 지도자가 서류에서 눈을 들어 맷티에게 미소를 지어 보였다.

"낚시는 어땠니?"

맷티가 어깻짓을 하며 씩 웃었다.

"나쁘지 않았어요. 어제는 네 마리를 잡았죠."

지도자는 펜을 옆으로 치우고 의자에 등을 기댔다.

"말해 봐라, 맷티. 너와 네 친구는 그곳에 가서 낚시를 한다. 그리고 어릴 때 처음 마을에 왔을 때부터 지금껏 계속 낚시를 해 왔어. 내 말이 맞지?"

"정확히 얼마나 되었는지는 몰라요. 제가 처음 왔을 때는 요만했어요."

맷티는 손등을 뒤집어 셔츠 두 번째 단추 높이에 갖다 댔다.

지도자가 말했다.

"육 년이다. 넌 육 년 전에 왔어. 그 후로 줄곧 낚시를 했지."

맷티가 고개를 끄덕였다. 어쩐지 분위기가 이상했다. 맷티는 잔뜩 긴장했다. 진짜 이름을 얻기엔 너무 이르지 않나? 설마 고기 낚는 자는 아니겠지? 그래서 지도자가 맷티를 부른 걸까?

지도자가 맷티를 보고 웃기 시작했다.

"긴장할 필요 없다, 맷티! 그런 표정을 지을 땐 네 머릿속이 훤히 들여다보여! 걱정 안 해도 돼. 그냥 질문에 불과하니까."

"낚시에 대한 질문이죠. 낚시는 그냥 먹을 걸 얻거나 시간을 때우는 방편일 뿐이에요. 거기에 별다른 의미를 덧붙이고 싶지는 않아요."

맷티는 지도자의 그런 점이 좋았다. 원한다면 무슨 말이든 할 수 있었다. 솔직하게 감정을 털어놓는 것도 가능했다.

"이해한다. 걱정할 필요 없어. 내가 묻는 건 단지 식량 공급을 측정하기 위해서니까. 옛날보다 물고기가 줄었다고 말하는 사람이 있거든. 이걸 봐라. 내가 적은 거야."

지도자는 맷티에게 서류를 넘겼다. 횡으로 기입한 숫자들과 '연어'와 '숭어'로 구분된 내역이 보였다.

맷티는 숫자들을 보고 인상을 찌푸렸다.

"어쩌면 맞을지도 몰라요. 처음엔 던졌다 하면 물었거든요. 그거 아세요, 지도자님?"

"그게 뭔데?"

지도자는 맷티에게서 서류를 돌려받아 다른 서류들과 함께 책상 위에 정리했다.

"전 그땐 어렸어요. 지도자님은 생각 안 날 수도 있어요. 저보다 나이가 많으시니……."

지도자가 미소 지었다.

"맷티, 난 아직 젊은 사람이야. 당연히 소년 시절을 기억한단다."

지도자가 따뜻한 미소를 지었다. 맷티는 지도자의 눈에서 잠깐 슬픈 빛을 보았다고 생각했다. 맷티를 비롯해, 수많은 마을 사람들이 어린 시절의 아픈 기억을 갖고 있었다.

"그러니까요, 전 그때의 물고기들을 기억해요. 물고기가 끝도 없이 잡혔죠. 낚시 줄을 던지자마자 입질이 오고 잡아당기면 물고기가 달려 나왔는데, 그래도 물고기는 그대로였어요. 그런데 지금은 그렇지 못해요. 하지만 지도자님……."

지도자가 맷티를 바라보았다.

"어릴 땐 모든 게 더 과장되어 보이잖아요. 물건은 더 크고 거리도 더 멀게 느껴지죠. 처음 숲을 지나 여기로 왔을 때처럼요. 정말 숲이 끝나지 않을 줄 알았다니까요."

"네가 떠나온 곳에서는 며칠 걸린단다. 맷티."

"예, 알아요. 지금도 며칠씩 걸리는걸요. 그래도 지금은 그렇게 길게 느껴지지는 않아요. 내가 더 나이가 들고 키도 커졌기 때문이죠. 계속해서 숲에 들락거린 덕분에 이젠 길도 알고 또 겁도 나지 않으니까 더 짧게 느껴지는 거예요."

지도자가 키득거렸다.

"그 얘기가 물고기하고 어떤 관계가 있는 거니?"

맷티가 대답했다.

"어, 물론 옛날만큼 물고기가 많은 것 같지는 않아요. 하지만 그땐 내가 어렸고 그래서 물고기가 무한하다고 생각했는지도 모른다는 얘기예요."

지도자는 생각에 잠겨 펜 끝으로 책상을 두드렸다. 그러더니 한참 후에 말했다.

"어쩌면."

지도자는 자리에서 일어나, 구석 책상에서 서류 폴더 한 무더기를 가져왔다.

"메시지예요?" 맷티가 물었다.

"메시지다. 회의를 열 생각이야."

"물고기 때문에요?"

"아니, 차라리 물고기 때문이면 좋겠구나. 그건 쉬울 테니까."

맷티는 배달해야 할 메시지 무더기를 받았다. 그리고 계단 쪽으로 움직이기 전에 문득 그 말을 꼭 해야겠다는 생각이 들었다.

"물고기도 쉽지는 않아요. 미끼도 맞는 걸 써야 하고 또 포인트도 잘 찾아야 하는걸요. 그렇다 해도 제때에 낚아채지 못하면 허탕이죠. 그럼 물고기가 몸을 비틀어 빠져나가고 말거든요. 안 그러면 누구나 낚시 도사가 되게요? 게다가……."

맷티는 밖으로 빠져나올 때까지 지도자의 웃음소리를 들어야 했다.

메시지를 다 전달하는 데 거의 한나절이 걸렸다. 어려운 일은 아니었다. 사실 맷티는 어려운 일일수록 더 마음에 들었다. 이를테면 먹거리와 봇짐을 짊어지고 숲을 통과하는 기나긴 여행 같은 것 말이다. 거의 이 년 동안 그런 심부름을 하지 못했다. 맷티는 특히 옛날 고향으로 돌아가는 여행을 좋아했다. 이제는 좀 더 멋들어진 미소로 어린 시절의 친구들을 대하고, 자신에게 잔혹하게 굴었던 사람들을 냉대할 수 있었다. 어머니는 세상을 떠났다고 들었지만 동생은 아직 그곳에 있었는데, 지금은 옛날보다 더 존경스러운 눈으로 형을 바라보았다. 어쨌든 지금은 서로에게 이방인에 불과했다. 맷티가 살던 공동체도 크게 바뀌어 무척이나 낯설게 느껴졌다. 다행히 과거의 기억보다 혹독한 분위기는 훨씬 덜했다.

오늘은 마을 주변을 돌면서 다음 주에 열릴 모임을 알려 주는 일에 불과했다. 맷티도 메시지를 읽었기 때문에, 물고기 공급에 대한 지도자의 의혹과 근심과 불안감을 모두 이해할 수 있었다.

외부인 정착을 더 이상 허용해서는 안 된다는 청원이 있었고 상당수 사람들이 서명했다. 이제 토론과 투표가 있을 것이다.

그런 청원은 전에도 있었다. 메시지를 읽어 주자 맹인 아저씨가 그 일을 끄집어냈다.

"그 얘기를 부결시킨 게 불과 일 년 전이야. 아무래도 문제가 더 커진 모양이구나."

맷티가 지적했다.

"아직 고기는 많아요. 들판에도 곡식이 넘치잖아요."

아저씨는 메시지를 구겨 불 속에 던져 넣었다.

"물고기나 곡식 문제가 아니란다. 물론 그 사람들도 먹어야 살겠지. 지난번에도 식량 위기에 대한 얘기가 나왔으니까. 그보다 문제는……."

"주택 부족 때문인가요?"

"그 이상이야. 글쎄, 적절한 단어가 생각나지 않는구나. 이기심? 그래 이기심이 스멀거리고 있어."

맷티는 깜짝 놀랐다. 마을의 설립 이념은 그와 정반대인 이타심이었다. 그건 책에서도 읽었고 역사 수업 시간에도 들었다. 말그대로 누구나 다 아는 얘기가 아닌가.

"하지만 마을 경계를 폐쇄하자는 무리를 이끄는 분이 조언자님이세요! 학교 선생님이라고요! 아저씨가 메시지를 태우지 않았다면 다시 읽어 줄 수도 있는데……."

아저씨가 한숨을 내쉬었다.

"수프 좀 저어 주겠니, 맷티?"

맷티는 순순히 나무 국자로 냄비를 젓기 시작했다. 걸쭉한 국물이 끓으며 완두콩과 다진 토마토가 공중제비를 돌았다. 하지만 맷티는 아직도 선생님을 생각 중이었다.

"선생님은 이기적인 분이 아니에요!"

"그건 나도 알아. 그래서 당혹스러운 거란다."

"학교에 오는 누구든 환영해 주시는걸요. 배운 적이 없어 말을 제대로 못하는 애들까지 모두요."

맹인 아저씨가 미소를 지으며 말했다.

"네가 처음 왔을 때도 그랬지. 쉽지 않은 일이었을 텐데 선생님은 결국 너를 가르치셨어."

"먼저 절 길들여야 하셨죠. 그땐 아주 거칠었거든요."

맷티는 옛날 생각을 하며 씩 웃었다.

맹인 아저씨가 고개를 끄덕였다.

"거칠었지. 하지만 조언자는 가르침이 필요한 누구든 기꺼이 가르쳤단다."

"그런데 왜 경계를 폐쇄하려고 하는 거죠?"

"맷티?"

"예?"

"조언자는 거래를 했어. 알고 있니?"

맷티는 잠시 생각을 해 보았다.

"지금은 방학이라 선생님을 자주 뵙지 못해요. 하지만 이따금 집을 지나치기는 해요."

맷티는 홀아비 선생님의 딸, 진에 대한 이야기는 하지 않았다. 대신 가볍게 웃으며 덧붙였다.

"선생님 집에서 달라진 것은 못 느꼈어요. 게임기도 없었고요."

하지만 맹인 아저씨는 그 말에 웃지 않았다. 아저씨는 잠시 생각을 하다가 근심 가득한 말투로 말했다.

"그건 단순한 게임기보다 훨씬 더 커다란 거래란다."

5

"선생님 딸이 자기 집 개가 새끼를 세 마리나 낳았다고 했어요. 나만 좋다면 한 마리 가져가도 된다고 했어요."

"너한테 키스 약속을 했다는 그 애 말이지? 이젠 강아지도 준다고? 맷티, 나라면 키스로 결정하겠다."

아저씨는 웃으면서 밭에서 홍당무를 뽑아 채소 바구니에 담았다. 두 사람은 채소밭에 나와 있었다.

"옛날 개가 보고 싶어요. 정말로 착한 애였는데."

맷티는 채소밭 너머 작은 마당의 한 모퉁이를 건너다보았다. 두 해 전 '막대기'를 묻은 무덤이 그곳에 있었다.

"그래, 맷티. 몇 년 동안 좋은 친구였지. 강아지 한 마리 있는 것도 재미있을 것 같구나."

아저씨 목소리가 부드러워졌다.

"아저씨를 안내하도록 훈련시킬 수도 있을 거예요."

"난 안내 같은 건 필요 없단다. 혹시 개한테 요리하는 법을 가르칠 수 있겠니?"

"사탕무 요리만 빼면 뭐든지요." 맷티가 말했다.

맷티는 인상을 쓰며 사탕무 하나를 바구니에 던져 넣었다.

오후에 맷티가 선생님 집에 갔을 때 진은 실의에 빠져 있었다.

"어젯밤에 두 마리가 죽었어. 전염병인가 봐. 이제 한 마리밖에 안 남았는데 개도 아파. 어미도 아프고."

"어떻게 돌봤기에 그래?"

진이 안타깝게 고개를 저었다.

"아빠나 나처럼 돌봤단 말이야. 버드나무 껍질로 흰죽을 만들어 먹였는데, 강아지가 너무 어려 삼키질 못해. 엄마 개도 아파서 조금 핥아먹고는 고개를 떨구고 말더라고."

"내가 봐도 될까?"

진은 맷티를 작은 집 안으로 데리고 들어갔다. 맷티는 개들이 걱정되기는 했지만 저도 모르게 집 안을 둘러보고 있었다. 맹인 아저씨의 질문이 생각나서였다. 단단한 가구들이 깔끔하게 배

열되어 있고 책장마다 조언자의 서적들로 가득했다. 부엌에는 제빵기구들과 밀가루 반죽용 그릇들이 진이 멋진 빵을 만들어주기를 기다리고 있었다.

거래의 흔적은 보이지 않았다. 게임기 같은 멍청한 물건도 없고, 길 아래 사는 젊은 부부가 거래했다는 술 달린 푹신한 의자 같은 시시한 물건도 보이지 않았다.

완벽히 이해되지는 않았지만 다른 종류의 거래도 있다는 건 맷티도 알고 있었다. 사람들이 중얼거리는 얘기를 들은 적이 있었다. 그러니까 보이지 않는 대상도 거래한다는 얘기였는데 그게 진짜 위험한 거래였다.

"이 안에 있어."

진은 부엌 바깥쪽에 부속 건물처럼 붙은 저장고 문을 열었다. 맷티는 안으로 들어가 엄마 개 옆에 무릎을 꿇고 앉았다. 접은 담요 위에 어린 강아지가 배를 깔고 누워 고통스러운 호흡을 이어가고 있었다. 건강한 강아지라면 꼬리를 흔들고 달려와 손이라도 핥았겠지만 이놈은 엄마 젖을 향해 달려들 힘도 없어 보였다.

맷티는 개를 잘 알았다. 개를 좋아했다. 맷티는 손가락으로 강아지를 부드럽게 만졌다가 화들짝 손을 빼냈다. 갑자기 따끔한 전율을 느꼈던 것이다.

묘하게도 그건 번개에 맞은 느낌이었다.

아주아주 어렸을 적 옛 마을에 살았을 때부터, 천둥이 칠 때면 얼른 집 안으로 들어가라는 교육을 받았다. 벼락에 맞아 반으로 쪼개지고 까맣게 타 버린 나무를 본 적도 있었다. 그건 사람한테도 일어날 수 있는 일이었다. 땅속으로 돌아가기 위해 우리 몸을 꿰뚫는 고압의 전류와 화력을 상상해 보라.

창문을 통해 거대한 섬광이 하늘을 찢어 놓는 것도 보았고 벼락 맞은 자리에서 유황 냄새를 맡은 적도 있었다.

밭을 일구던 한 농부가 쟁기를 들고, 잔뜩 몰려든 비구름을 올려다보았다. 그저 태풍이 어서 지나가기를 기다렸을 뿐인데 번개는 오히려 농부를 겨냥하고 나섰다. 농부는 목숨을 건지기는 했으나 그만 기억을 모두 잃고 말았다. 남은 건 자신의 몸을 뚫고 들어간 생경한 힘에 대한 감각뿐이었다. 사람들은 지금도 그 농부를 돌보고 있다. 농부는 농장의 잔일을 해치우기는 하지만 옛날의 에너지는 이미 어디론가 사라진 터였다. 번개 속에 사는 신비의 에너지에 모두 흡수되고 만 것이다.

맷티도 빈터에서 이런 느낌을 받았다. 마치 번개의 힘이 침범한 듯 몸 안에서 꿈틀거리는 힘. 그것도 태풍의 기운 하나 없는 쨍쨍한 날에 말이다.

맷티는 어떻게든 그 느낌을 마음속에서 밀어내려 했었다. 빈터에서 있었던 일을 모두. 너무 겁이 났고 그래서 원치 않는 비밀을 만들어야 했기 때문이다. 하지만 고통받는 강아지한테서 손을 거두며, 맷티는 지금이야말로 그 느낌을 다시 한 번 실험해야 할 때임을 깨달았다.

"아빠는 어디 가셨어?"

맷티가 진에게 물었다. 아무도 보지 않기를 원해서였다.

"모임에. 너도 청원 얘기 알지?"

맷티는 고개를 끄덕였다. 잘됐다. 선생님은 근처에 없었다.

진이 애정 어린 목소리로 말했다.

"아빠가 모임에 정말로 관심이 있는 건 아닐 거야. 그냥 나무 재배자의 과부를 만나러 가신 게지. 요즘 한창 구애 중이시거든. 웃기지 않니? 구애라니? 그 연세에?"

소녀도 옆에 있으면 안 된다.

"약초 채집자 집에 좀 다녀올래? 가서 톱풀 좀 얻어 와."

"우리 채소밭에도 톱풀 있어! 바로 문 옆에!" 진이 외쳤다.

솔직히 톱풀이 필요한 건 아니었다. 진을 어디론가 보내야 했을 뿐이다. 맷티는 재빨리 머리를 굴렸다.

"스피어민트는? 레몬밤은? 고양이박하는? 그게 다 필요한데."

진은 고개를 저었다.

"고양이박하는 없어. 고양이들이 채소밭에 몰려들면 개가 불안해서 어쩔 줄을 몰라 하거든."

진은 죽어 가는 엄마 개를 향해 부드럽게 속삭였다.

"그렇지, 얘야?"

진이 개의 목덜미를 쓰다듬었으나 개는 고개도 들지 못했다. 두 눈에 백태가 끼기 시작했다.

맷티가 다급한 목소리로 재촉했다.

"어서 다녀와. 서둘러야 해."

진이 되물었다.

"그런 게 정말 효과가 있을까?"

진은 개한테서 손을 떼고 일어났지만 여전히 미적거렸다.

"어서 가란 말이야!"

맷티가 명령하자 진이 앙칼진 목소리로 반박했다.

"그렇다고 무례하게 굴 필요는 없잖아, 맷티!"

그래도 진은 치마주름을 흔들며 새침하게 발걸음을 뗐다. 맷티는 문 닫히는 소리도 듣지 못했다. 곧 온몸을 헤집을 충격에 대비해 각오를 단단히 다져야 했기 때문이다. 맷티는 왼손은 엄마 개한테, 오른손은 강아지한테 대고 소생하길 빌었다.

  한 시간 후 맷티는 완전히 탈진해서 터덜터덜 집으로 향했다.
  조언자의 집에서는, 진이 어미 개에게 밥을 주며 팔팔해진 강아지의 재롱에 키득대고 있었다.
  진은 동물들이 되살아나는 것을 지켜보며 신이 나서 떠들었다.
  "그런 허브 조합은 아무도 상상하지 못할 거야, 그치?"
  "운이 좋았어."
  맷티는 허브 때문이라고 믿게 놔두었다. 진은 개들의 기적적인 소생에 정신이 팔려 맷티가 얼마나 쇠약해졌는지 눈치채지 못했다. 맷티는 헛간 벽에 기대앉아 진이 개들을 돌보는 모습을 바라보았다. 하지만 자꾸만 눈이 흐려지고 온몸이 두들겨 맞은 듯 아픈 건 어쩔 도리가 없었다.
  한참 후 약간 원기를 회복한 맷티는 간신히 일어나 집으로 돌아왔다. 다행히 집도 비어 있었다. 맹인 아저씨도 외출 중이었다. 맷티한테는 고마운 일이었다. 아저씨는 뭔가 잘못된 점을 눈치챘을 것이다. 언제나 그랬다. 맷티한테 감기 기운이라도 있으면, 집 안 공기가 달라졌다고 말했다. 마치 어딘가에서 바람이라도 분다는 투였다.

게다가 이건 감기 따위가 아니지 않는가. 맷티는 비틀거리며 부엌을 지나 자기 방으로 들어가 침대에 누웠다. 숨이 가빴다. 한 번도 이렇게 힘이 없거나 탈진한 적이 없었건만…… 개구리를 제외하면…….

'개구리는 훨씬 작았어.'

맷티는 그렇게 생각했지만 결국은 마찬가지였다.

빈터에서 개구리를 만난 건 우연이었다. 그날 그곳에 갈 이유도 없었다. 그저 혼자 있고 싶었고 혼잡한 마을을 벗어나고 싶었을 뿐이었다. 이따금 그럴 때마다 맷티는 숲으로 달아나곤 했다.

맷티는 맨발로 개구리를 밟고 화들짝 놀랐다. 그리고 허리를 굽혀 작은 피조물을 들어올렸다.

"미안, 너 괜찮니? 내가 오는 소리를 듣고 알아서 네가 달아났어야지."

하지만 개구리는 괜찮지 못했다. 그렇다고 맷티의 오른발 때문은 아니었다. 그건 쉽게 알 수 있었다. 개구리는 여우나 족제비 같은 동물에게 당해 죽어 가고 있었다. 다리 하나가 그대로 뜯겨 대롱대롱 매달려 있었고 넝마가 된 조직에서는 체액이 줄줄 새고 있었다. 개구리는 맷티의 손바닥에서 몸을 부르르 떨다가 조용해졌다.

"누군가 너를 씹다가 뱉은 모양이구나." 맷티가 말했다.

불쌍하기는 했지만 어쩔 도리는 없었다. 숲 속 생물들의 빡빡한 삶과 억울한 죽음은 일상적인 일이었다.

"어쨌든 내가 예쁘게 묻어 줄게."

맷티는 이끼 낀 땅을 파려고 무릎을 꿇었다. 그리고 작은 생물을 내려놓으려는데, 신기하게도 개구리가 떨어지지 않았다. 고통스러운 힘이 손에서 뻗어 나와 개구리한테 흘러들었고, 그로 인해 둘은 하나가 되어 있었다. 도무지 말이 안 되었다.

너무도 당혹스럽고 무서워 개구리를 손에서 긁어내려 했지만 그것도 소용없었다. 꿈틀거리는 고통이 둘을 묶어 놓았다. 잠시 후 맷티가 무릎을 꿇은 채 난감해하고 있을 때 갑자기 개구리가 경련을 일으켰다.

"그래, 죽지는 않았구나. 그러니까 나를 놔줘."

그제야 맷티는 개구리를 땅에 내려놓을 수 있었다. 고통도 잦아들었다.

"이게 무슨 조화니? 아무튼 죽은 줄 알았는데 그건 아닌 모양이구나. 하지만 다리는 어쩔 수 없을 거야. 안타깝지만 네 팔딱거리던 시절은 끝난 거야."

맷티는 자기도 모르게 개구리한테 말을 걸고 있었다. 마치 대답을 기대하는 사람 같았다.

맷티는 일어나서 꼼짝도 않는 개구리를 내려다보았다. 꾸르륵. 개구리의 목에서 울음소리가 흘러나왔다.

"그래, 네 말이 맞다. 나도 그래."

맷티는 떠나려고 돌아섰다.

꾸르륵.

그리고 그 소리에 어쩔 수 없이 다시 돌아서서 무릎을 꿇었다. 조금 전만 해도 죽음의 막으로 번들거리던 개구리의 커다란 두 눈은 이제 초롱초롱하기만 했다. 개구리가 맷티를 올려다보았다.

"이봐, 저기 고비 숲에 데려다 줄게. 이렇게 탁 트인 곳에 있으면 다른 동물들이 와서 삼켜 버리고 말 테니까. 심각한 장애 때문에 달아날 수도 없잖아? 그러니까 잘 숨는 방법이라도 배워야지."

맷티는 개구리를 집어 들고 울창한 고비 군락지로 데려갔다.

"나한테 칼이라도 있으면 다리를 붙들고 있는 이 힘줄들을 잘라 줄 텐데. 네가 좀 더 빨리 회복할 수 있게. 이런 식으로 다리를 끌고 다니는 건 아무래도 무리야. 미안하게도 내가 해 줄 수 있는 일이 없구나."

하지만 맷티는 개구리를 내려놓으면서도 뭔가 도울 일이 없을까 하는 고민을 떨칠 수가 없었다.

"어쩌면 날카로운 돌로 해결할 수 있을지 모르겠다. 그저 살점 약간일 뿐이니까 그 정도라면 별로 고통스럽진 않을 거야. 여기서 잠시 기다려."

맷티는 이렇게 명령하고는 개구리를 고비 숲 옆에 내려놓았다. 어차피 움직이지도 못할 텐데, 지금 무슨 소리를 하는 거람?

맷티는 조금 전 지나온 작은 여울로 돌아가 도구로 쓸 만한 물건을 찾아냈다. 끝이 날카로운 돌 조각 하나.

맷티는 그 돌을 들고 부상당한 개구리가 누워 있는 곳으로 돌아갔다. 개구리는 그 자리에 있었다.

"자, 무서워할 필요 없어. 이제 너를 누이고 죽은 다리를 떼어 낼 생각이니까. 너한텐 그게 최선이란다."

맷티는 개구리를 거꾸로 눕힌 다음 넝마가 된 다리를 건드렸다. 절단을 최대한 간단하고 빠르게 할 수 있도록 위치를 잡을 참이었다. 사실 남은 거라고는 끈적이는 살점 몇 가닥뿐이었다.

하지만 그때 갑작스럽게 에너지파가 맷티의 팔을 휘감더니 손끝에 집중되기 시작했다. 맷티는 움직일 수가 없었다. 힘은 맷티가 붙잡고 있는 다리의 세포 조직으로 이동하고 있었다. 맥박이 어찌나 요동치던지 소리까지 들릴 정도였다.

맷티는 너무 놀라 숨을 쉴 수가 없었다. 그리고 순간 모든 것이 끝났다. 전신을 두드려 대던 고통도 잦아들었다. 맷티는 부상당한 개구리에게서 머뭇머뭇 손을 떼어 냈다.

꾸르륵.

꾸르륵.

"이제 갈래. 어떤 일이 있었는지는 모르겠지만 어쨌든 난 집에 갈래."

맷티는 날카로운 돌 조각을 버리고 일어나려 했다. 두 다리에 힘이 하나도 없고 현기증에 욕지기까지 느껴졌다. 맷티는 개구리 옆에 무릎을 꿇은 채 몇 번 심호흡을 했다. 어떻게든 빨리 원기를 회복해 달아나고 싶은 생각뿐이었다.

꾸르륵.

"그만 해. 이젠 듣고 싶지 않아."

개구리는 맷티 말을 알아듣기라도 한 듯, 호로록 몸을 뒤집더니 고비 숲을 향해 움직이기 시작했다. 하지만 쓸모없는 다리를 질질 끌고 가는 방식은 아니었다. 두 다리 모두 움직였다. 서툴기는 했지만 분명 두 다리 모두를 동력으로 사용하고 있었다. 개구리는 고비의 이파리를 흔들면서 안으로 사라졌다.

잠시 후, 맷티도 일어설 수 있었다. 피곤하긴 했지만 그래도 숲을 빠져나와 터벅터벅 집으로 돌아갔다.

지금 맷티가 침대에 누워 느끼는 것도 그때와 똑같은 탈진 상태였다. 좀 더 심해진 탈진. 두 팔이 욱신거렸다. 맷티는 지금까지 있었던 일을 생각해 보았다.

'개구리는 아주 작았어. 하지만 지금은 개 두 마리잖아!'

게다가 훨씬 더 컸다.

'그 힘을 통제하는 법을 배워야만 해.'

그리고 놀랍게도 맷티는 울기 시작했다. 맷티는 한 번도 운 적 없다는 사실에 대해 사내아이다운 자부심이 있었다. 하지만 지금은 훌쩍거리고 있었다. 눈물이 맷티를 정화시키고 그의 몸이 스스로를 비우려 하고 있었다. 눈물이 두 뺨을 흘러내렸다.

마침내 눈물도 모두 고갈되었다. 맷티는 몸을 부르르 떨며 두 눈을 훔치고는, 아직 한낮인데도 옆으로 돌아누워 잠을 청했다. 태양은 마을 위에 높이 떠 있었다. 맷티는 고통과 관련된 막연한 두려움에 관한 꿈을 꾸었다. 잠을 자면서도 맷티의 몸은 잔뜩 긴장되어 있었다. 그리고 마침내 꿈이 바뀌었다. 비로소 근육도 이완되고 편안한 잠을 이룰 수도 있었다. 지금 꾸는 꿈은 치유된 상처와 새로운 삶, 그리고 평화에 대한 꿈이었다.

6 ⋯⋯

"새 이웃이 오고 있대! 예쁜 여자애도 하나 있다더라!"

라몬은 맷티에게 이렇게 외치고는 멈추지도 않고 그냥 지나 쳤다. 새로운 사람들이 들어오는 마을 입구에 빨리 가려는 마음에 급했던 것이다. 그곳에는 환영 현수막도 걸려 있었지만 불행히도 새로운 사람들 대부분은 글을 읽지 못했다. 맷티도 당시엔 일자무식이었던 탓에 환영이라는 글자를 보고도 무슨 뜻인지 알지 못했다.

언젠가 맷티는 맹인 아저씨한테 이렇게 말했다.

"난 보긴 봤지만 글을 읽을 수 없었어요. 아저씨는 글을 읽을 순 있었지만 볼 수가 없었겠죠."

"우린 기막힌 짝이지 않니? 이렇게 잘 지내는 것도 다 이유가 있는 거란다."

아저씨는 그렇게 말하며 껄껄대고 웃었다.

"저도 가도 돼요? 이쪽은 거의 다 끝났어요."

라몬이 달려가며 외칠 때 맷티와 아저씨는 채소밭에서 김을 매고 무성하게 자란 완두콩 넝쿨을 거둬 내고 있었다. 콩의 계절은 오래전에 끝났다. 여름이 끝나면 이제 뿌리 채소들을 저장하게 될 것이다.

"그래, 물론이다. 나도 갈 거란다. 새 이웃을 맞는 건 중요한 일이니까."

두 사람은 서둘러 더러운 손을 씻고 채소밭에서 나와 대문을 닫은 다음 라몬이 바삐 달려간 길을 따라 걸었다. 마을 입구는 멀지 않았다. 새 주민들은 정말 그곳에 모여 있었다. 옛날엔 대개 혼자나 둘이 왔건만 요즘에는 가족 전체가 한꺼번에 움직이는 모양이었다. 먼 거리를 달려온 탓에 무척 피로해 보였다. 게다가 공포의 과거를 등지고 온 데다, 탈출은 대개 위험하고 끔찍한 경험인지라 모두 잔뜩 겁에 질려 있었다. 동시에 희망에 부푼 모습도 보였다. 무엇보다 마을 사람들의 미소를 보고 안심하는 눈치였다. 마을 사람들은 환영을 중시하는 터라, 어느 누구 할 것 없이 하던 일을 팽개치고 환영 인파에 참여했다.

난민들이 부상당한 채 오는 경우도 빈번했다. 그들은 지팡이에 기대 비틀거리거나 들것에 실려 왔다. 이따금 외모가 흉측한 경우도 있었는데, 다쳐서 그럴 수도 있고 원래 그렇게 태어난 사람도 있었다. 고아도 있었다. 하지만 그들 모두 따뜻한 환영을 받았다.

맷티도 반원 모양으로 에워싼 환영 인파에 합류해서 행사 내내 그들에게 격려와 미소를 보냈다. 영접인들이 새로운 사람들의 이름을 하나씩 부른 다음 그들을 도우미들한테 인계해 생활공간으로 안내하고 정착 과정을 도와주도록 해 주었다. 라몬이 언급한 소녀도 보였다. 비슷한 또래였고, 가냘프지만 예쁘장한 아이였다. 역시나 얼굴은 더럽고 머리도 빗질을 못한 모습이었다. 소녀는 더 어린 아이의 손을 잡고 있었다. 어린아이의 두 눈은 노란 점액으로 두텁게 덮여 있었다. 이주민들을 괴롭히는 일반적인 질병이지만 그 정도는 약초의 조합으로 쉽게 치료가 가능했다. 소녀가 아이 걱정을 하는 듯 보였기에, 맷티는 걱정 말라는 뜻으로 더 큰 미소를 지어 보였다.

이번에는 평소보다 수가 많았다.

맷티가 맹인 아저씨에게 속삭였다.

"대규모네요."

"그래, 듣기로도 그렇구나. 우리 마을을 폐쇄할 거라는 소문을 듣기라도 한 걸까?"

그렇게 말하는 동안 옆에서 무슨 소리가 들려왔고 아저씨와 맷티는 그쪽으로 고개를 돌렸다. 환영 행사와 정착 절차가 바쁘게 진행되는 동안 몇 사람이 마을 입구 쪽으로 다가오며 구호를 외쳤다.

"폐쇄. 폐쇄. 난민 거부. 난민 거부."

맷티도 아는 사람들이었다. 그들을 이끄는 사람은 조언자였다.

환영 인파는 어떻게 대응해야 할지 난감하기만 했다. 계속해서 이주민들에게 미소를 보내고 손을 잡아 주었으나 구호는 그들 모두를 불편하게 했다.

이런 혼란의 와중에 결국 지도자가 나타났다. 누군가 불러온 것이다. 사람들은 지도자가 지나갈 수 있도록 양쪽으로 물러섰고 시위자들도 구호를 멈추었다.

지도자의 목소리는 언제나처럼 온화했다. 지도자는 먼저 이주민들을 향해 환영의 인사를 전했다. 원래는 이주민들이 요기를 하고 안정을 찾은 후에 연설을 할 예정이었으나 아무래도 먼저 그들을 안심시키는 게 중요하다고 판단을 내린 모양이었다.

지도자가 미소와 함께 연설을 시작했다.

"이곳에서 태어난 아이들이 아니라면 우리도 모두 처음엔 난민이었죠.

우리는 여러분이 어떤 고통을 겪었는지 잘 알고 있습니다.

이제 여러분은 굶주리지 않을 것입니다. 더 이상 부당한 지배를 받지 않을 것이며 학대도 없을 겁니다.

여러분을 우리 마을에 모실 수 있게 되어 더없이 기쁘게 생각합니다. 여기가 여러분의 새로운 고향입니다. 고향에 오신 걸 진심으로 환영합니다."

지도자는 영접인들을 향해 돌아섰다.

"수속은 나중에 하도록 하죠. 피곤들 하시니까. 우선 저분들을 새 집으로 모시고 가서 목욕과 식사를 하고 휴식을 취할 수 있게 해 주세요."

영접자들은 손님들을 에워싸고 마을로 인도했다.

그리고 지도자는 남아 있는 사람들을 돌아보았다.

"환영하러 와 주신 분들께 감사드립니다. 오늘 행사는 우리 마을에서 가장 중요한 행사 가운데 하나입니다."

그리고 마침내 소규모 반대자 무리를 마주했다.

"여러분이 반대자입니까? 조언자님? 그리고 여러분? 아시다시피 그럴 권리는 있습니다. 반대권은 이곳에서 가장 중요한 자유에 속하니까요.

하지만 모임은 나흘이나 남았습니다. 새 정착민들을 불안하게 하고 겁주는 대신, 모임에서 어떤 결정이 내려질지 기다려 보는 게 좋지 않겠습니까? 지금 막 오신 분들이에요. 안 그래도 불안하고 혼란스러운 분들이잖습니까?

여러분이 아무리 마을의 문을 걸어 잠그길 원하시는 분들이라도, 평화와 자비를 소중히 여기실 겁니다. 지금껏 그렇게 보듬고 살아오지 않았던가요? 조언자님? 당신이 무리를 이끄는 것 같군요. 한 말씀 해 보시죠?"

맷티는 조언자를 보았다. 그에게 너무나 소중한 선생님. 조언자는 생각에 잠겨 있었다. 조언자가 깊은 생각에 몰두한 모습은 맷티에게도 익숙했다. 선생님이 수업 시간에 종종 보여 주는 모습이었기 때문이다. 조언자는 질문 하나하나를 신중하게 대했다. 아무리 어린 학생의 어리석은 질문이라도 마찬가지였다.

맷티는 이상하다고 생각했다. 조언자의 한쪽 뺨을 뒤덮은 모반이 더 엷어진 것 같았다. 전에는 암적색에 가까웠는데 지금은 마치 누가 지우기라도 한 듯 분홍빛밖에 남아 있지 않았다. 어쨌든 그것도 작년 일이었다. 조언자의 피부도 맷티 자신처럼 햇볕에 그을려 모반이 감춰졌을지도 모른다.

그래도 맷티는 불편했다. 오늘 조언자의 분위기는 사뭇 달랐다. 물론 그 차이를 꼬집어 낼 수는 없었다. 조언자의 키가 더 커진 걸까? 그거야말로 정말 우스운 생각이 아닐 수 없었다. 조언자는 언제나 두 어깨를 축 늘어뜨린 채 구부정한 자세로 다녔다. 사람들 말에 의하면, 진이 아기였을 때 사랑하는 아내를 잃었고, 그로 인해 갑자기 늙어 버렸다고 했다. 슬픔이 그렇게 만들었다는 얘기다.

오늘 조언자는 자세도 올곧았고 양 어깨도 딱 벌어졌다. 그래서 커 보인 거야. 정말로 키가 큰 게 아니라. 맷티는 그렇게 결론 내리며 안심했다. 단지 자세가 변한 탓이니 말이다.

조언자가 지도자에게 대답했다.

"예, 모임의 결정을 지켜보도록 하죠."

맷티는 조언자의 목소리가 달라진 것을 알아챘다.

지도자 역시 조언자의 달라진 모습에 당혹한 듯 보였다. 어쨌든 사람들은 하나씩 돌아서고 인파는 흩어지기 시작했다. 사람들이 일상으로 복귀하고 있었다. 맷티도 얼른 맹인 아저씨를 따라잡았다. 아저씨도 여느때와 같은 보폭으로 집으로 돌아가기 시작했다.

등 뒤에서 누군가가 큰 소리로 광고하는 소리가 들렸다.

"잊지 마세요! 거래장은 내일 밤에 섭니다!"

거래장! 최근에 맷티를 당혹하게 했던 다른 일들 때문에 거래장에 대해서 거의 잊고 있었다.

맷티는 이번엔 기어이 거래장에 다녀올 참이었다.

거래장은 매우 오래된 관습이었다. 아무도 어떻게 시작되었는지 기억하지 못할 정도였다. 맹인 아저씨도 마을에 정착했을 때 거래장에 대해 처음 들었다고 했다. 아직 상태가 위중한 환자여서 진료소 침대에 누워 통증, 실명, 뒤죽박죽 엉켜 버린 기억과 싸우고 있었을 때 자신을 돌보는 사람들이 하는 이야기를 언뜻 들은 것이다.

누군가 옆 사람한테 물었다.

"저번 거래장에 갔었어?"

"아니, 내놓을 게 하나도 없네. 자네는?"

"구경만 했지. 도무지 다들 바보짓 같아서 말이야."

그때 아저씨는 그 대화를 머릿속에서 밀어냈었다. 빈털터리라 거래할 물건도 없었다. 찢어지고 피로 얼룩진 옷도 빼앗겼다가 되돌려 받았다. 목걸이엔 일종의 부적이 매달려 있었는데 중요하다는 생각은 들었지만 왜 그런지는 기억하지 못했다. 그렇다고 하찮은 장신구 따위와 거래할 생각은 없었다. 과거로부터 건너온 유일한 물건이 아니던가.

맹인 아저씨는 이 모든 얘기를 맷티한테 들려주었다.

"나중에 나도 가긴 했었다. 그냥 구경하러."

맷티가 놀리듯 웃었다. 그때쯤 가까운 사이가 된 터라 그 정도는 용서되었다.

"그냥 구경이라고요?"

맷티의 비아냥에 아저씨도 따라서 웃었다.

"나도 나름대로 구경하는 방식이 있는 법이야."

"저도 알아요. 그래서 사람들이 보는 자라고 부르는 거겠죠. 보통 사람들보다 더 많은 것을 보시니까요. 거래장에 구경 가는 건 누구나 가능한가요?"

"물론. 이곳엔 비밀이 없지 않니? 하지만 볼거리는 못 된다, 맷티. 사람들이 거래하고 싶은 물건을 큰소리로 외치는 것뿐이야. 내 기억으로는 새 팔찌를 원하는 여인들이 낡은 팔찌와 교환하더구나. 대개가 다 그런 식이야."

"그러니까 시장하고 같네요."

"내가 보기에도 그랬다. 그래서 다시는 가지 않았지."

새로운 정착민들이 들어온 오늘 저녁, 맹인 아저씨는 다시 그 얘기를 꺼내며 근심을 표현하기도 했다.

"모르겠구나. 그곳에도 이젠 비밀이 있는 것 같아."

"용기를 내서 라몬에게 물었어요. 부모님이 게임기와 거래한 게 뭐냐고요. 그런데 그 애도 모르더라고요. 부모님이 얘기하지 않으려 한대요. 라몬 엄마는 아예 자리를 피했다고 했어요. 뭔가 숨기는 사람처럼."

"어째 께름칙하구나."

아저씨가 현을 퉁기며 코드 두 개를 더 연주했다.

대화가 너무 무겁다는 생각이 들어 맷티가 웃으며 물었다.

"악기 음이요?"

아저씨는 맷티의 말장난을 못 들은 척했다.

"거래장에 뭔가 있는 게 분명해."

"지도자님도 같은 말씀을 하셨어요."

"그도 알겠지. 내가 너라면 조심하겠다, 맷티."

다음 날 저녁 식사를 준비하면서 맷티는 거래장에 갈 생각이라고 말했다.

"내가 너무 어리다고 말씀하시겠지만요. 그렇지 않아요. 라몬도 가잖아요. 게다가 꼭 가야 할 이유도 있어요. 무슨 일이 있는 건지 살펴볼 수 있을 거예요."

맹인 아저씨가 한숨을 내쉬며 고개를 끄덕였다.

"그럼 하나만 약속해 주겠니?"

"그럴게요."

"절대 거래하면 안 된다. 보고 듣는 건 괜찮지만, 거래는 안 돼. 아무리 유혹을 받더라도."

맷티가 웃었다.

"약속해요. 어떻게 거래를 하겠어요? 내놓을 게 없는데? 게임기하고 바꿀 게 하나도 없잖아요. 너무 어려 엄마도 떠나지 못하는 강아지? 그런 걸 누가 원해요?"

아저씨는 수프에서 끓고 있는 닭을 휘저었다.

"아, 맷티. 네가 생각하는 것보다 넌 많은 것을 갖고 있어. 사람들도 그걸 원할 거란다."

맷티는 생각해 보았다. 아저씨 말이 맞았다. 맷티에게도 골치 아픈 게 하나 있었다. 치유의 힘. 맷티는 그걸 떠올렸다. 어쩌면 그걸 원하는 사람도 있을 것이다. 방법이 있다면 거래하는 게 좋을 수도 있으리라. 하지만 생각이 거기에 이르자 마음이 불안해졌다. 맷티는 다른 물건을 생각하기로 했다. 마음이 덜 불안한 물건들.

낚싯대도 있지만 그건 꼭 필요한 물건이고 또 아끼는 물건이다. 다락에 연도 하나 있다. 언젠가는 더 좋은 연과 바꿀 수도 있을 것이다.

하지만 오늘은 아니다. 오늘은 구경만 할 것이다. 아저씨와 약속까지 하지 않았던가.

7 ….

초저녁, 저녁 식사가 막 끝난 시간, 골목길에는 맷티처럼 거래장으로 걸음을 재촉하는 사람들이 적지 않았다. 맷티는 지나치는 이웃사람들에게 인사를 하고 멀리 떨어져 있는 사람들한테는 손을 흔들었다. 사람들도 고개를 끄덕이거나 손을 흔들어 화답했지만 마을 특유의 가벼운 농담을 건네는 사람은 아무도 없었다. 모두 뭔가에 열중해 있었고 또 묘하게 심각했다. 전혀 이 마을답지 않게 불안감이 대기를 가득 채우고 있었다.

맷티는 거래장으로 다가가며 생각했다.

'아저씨가 불안해하는 것도 이해가 가. 기분이 안 좋아.'

소음이 들리기 시작했다. 웅성거림. 사람들이 서로에게 속삭이고 있었는데 그것도 시장 분위기와는 사뭇 달랐다. 시장에 가면 사람들이 웃고 떠들며 물건을 사고팔았다. 그곳에는 기분 좋은 흥정, 꿀꿀대는 돼지들, 삐약거리는 병아리와 꼬꼬댁거리는 암탉들이 있었다. 하지만 오늘밤은 그저 사람들의 낮은 속삭임과 초조한 귓속말이 들릴 뿐이었다.

맷티는 사람들 사이로 들어가 플랫폼 가까이에 섰다. 플랫폼은 사람들이 모이는 행사 때마다 사용하는 무대 비슷한 목재 구조물이다. 난민들에게 빗장을 걸어 잠글지 결정하는 마을 회의도 이곳에서 열릴 것이며, 지도자는 무대 위에 올라가 회의를 주재하고 질서를 유지할 것이다.

커다란 나무 지붕이 광장을 덮고 있는 덕에 비가 내려도 회합에는 지장 없었다. 추운 계절에는 벽면을 둘러치게 되어 있었다. 어쨌든 오늘 밤은 포근한 편이라 저녁에도 공간을 개방해 두었다. 산들바람이 맷티의 머릿결을 어루만졌다. 광장을 에워싼 관목 숲의 솔향도 바람에 실려 왔다.

맷티는 조언자 옆에 붙어 서 있기로 했다. 보이지는 않았지만 어쩌면 진이 아빠를 찾아올지도 모르니까. 조언자는 아래를 내려다보더니 맷티에게 미소를 지어 보였다.

조언자가 물었다.

"맷티, 너를 여기서 보다니 의외로구나. 전엔 와 본 적 없지?"

맷티가 대답했다.

"예, 거래할 것이 없어서요."

선생님은 다정다감하게 맷티의 어깨를 감싸 안았다. 맷티는 처음으로 선생님 체중이 많이 줄었다는 사실을 깨달았다.

조언자가 말했다.

"아, 넌 잘 모르겠다만 누구나 거래할 게 있단다."

"진은 꽃이 있어요. 하지만 꽃은 시장 가판대로 가져가기 때문에 거래장이 필요하진 않을 거예요."

맷티는 조언자의 딸로 화제를 돌렸으면 했다.

"강아지는 나한테 주겠다고 했어요. 그러니까 그 꼬마를 거래하진 않겠죠."

조언자가 웃었다.

"그래, 강아지는 네 거야, 맷티. 그리고 빠를수록 좋단다. 못 말리는 말썽쟁이거든. 오늘 아침엔 내 구두까지 씹었더라."

한동안은 특별한 일이 없었다. 조언자는 언제나처럼 따뜻하고 쾌활한 선생님이자 자애로운 아빠였다. 맷티의 어깨를 두르고 있는 팔도 익숙했다.

그런데 맷티는 문득 조언자가 왜 거래장에 왔는지 궁금해지기 시작했다. 아니, 다른 사람들도 마찬가지다. 왜 온 거지? 그들 중 아무도 거래할 물건을 들고 있지 않았다. 아무리 돌아보아도 마찬가지였다. 사람들은 팔짱을 끼거나 팔을 양옆으로 늘어뜨린 채 뻣뻣하게 서 있지 않으면 옆 사람에게 무언가 속삭이고 있을 뿐이었다. 맹인 아저씨 집에서 얼마 멀지 않은 곳에 사는 젊은 부부도 와 있었다. 두 사람은 작은 목소리로 속삭이고 있었다. 아니, 논쟁을 벌이는 건지도 몰랐다. 아무튼 젊은 아내는 남편 말에 크게 걱정하는 눈치였다. 하지만 두 사람 역시, 맷티처럼, 조언자처럼, 다른 사람들처럼 빈손이었다. 거래할 물건을 가져온 사람은 어디에도 없었다.

갑자기 사위가 조용해지더니 군중들이 양옆으로 갈라섰다. 그리고 그 사이로 키 큰 흑발 남자가 무대를 향해 성큼성큼 걸어왔다. 그는 거래 마스터로 불렸다. 사람들은 그도 몇 년 전엔 이주민 신분이었으며 과거의 공동체에서 거래에 대한 전문 지식을 가지고 들어왔다고 말했다. 거래 마스터라는 진짜 이름도 이미 갖고 있었다. 맷티도 마을 주변에서 종종 그 사람을 보았다. 그가 거래장을 책임지고 있으며 거래가 완료된 후에는 거래인들의 집에 들러 물건을 확인하고 다닌다는 얘기도 들었다. 라몬의 부모가 게임기를 획득한 다음 날 라몬네 집에 오기도 했었다. 오늘 밤 거래 마스터의 손에는 두꺼운 책자가 한 권 들려 있었는데 맷티가 처음 보는 책이었다.

조언자가 맷티의 어깨에서 손을 거두었다. 이제 조언자의 관심은 온전히 거래 마스터가 서 있는 무대에 가 있었다.

거래 마스터가 외쳤다.

"거래장 개시!"

큰 목소리였다. 그리고 많은 마을 사람들처럼 억양에서 약간 옛날 언어의 흔적이 묻어 나왔다. 군중은 이제 쥐 죽은 듯 조용해졌다. 심지어 귓속말까지 사라졌는데, 그때 불현듯 한 여인이 흐느끼기 시작했다. 맷티는 까치발로 서서 소리가 나는 쪽을 살폈다. 맷티가 본 것은 몇 사람이 그 여자를 데려가는 광경이었다.

조언자는 소동이 일어난 곳으로 시선 한 번 돌리지 않았다. 맷티는 조언자를 지켜보았다. 문득 조언자 얼굴이 어딘가 달라 보인다는 생각이 들었으나 저녁 불빛이 흐린 탓에 그 차이를 꼬집어 말할 수는 없었다.

항상 느긋했던 선생님이었건만 지금은 잔뜩 긴장한 모습이었다. 무언가를 기다리는 사람 같았다.

"누가 먼저인가?"

거래 마스터가 외치자 맷티가 보는 앞에서 조언자가 손을 들고 미친 듯이 흔들어 댔다. 실제로 자기가 대답하겠다고 나서는 어린 학생처럼 보였다.

"나요! 나요!"

학교 선생님은 간절한 목소리로 외치며, 어떻게 해서라도 눈에 띄고 싶어서 맷티가 보는 앞에서 앞사람을 밀치고 나갔다.

그날 밤 늦게, 맷티는 맹인 아저씨에게 거래장에 대해 얘기해 주었다. 아저씨는 근심 어린 표정으로 얘기를 들었다.

"조언자 선생님이 먼저였어요. 손을 가장 먼저 들었거든요. 그런데 절 완전히 잊었더라고요. 언제나처럼 함께 서서 얘기까지 했는데 장이 열리자마자 난 안중에도 없었어요. 그리고는 사람들을 밀치고 가장 먼저 뛰쳐나갔어요."

"무슨 말이냐, 가장 먼저 나갔다니? 어디로 갔다는 거야?"

"무대 위에요. 선생님이 사람들을 마구 밀어냈는데 너무 무서웠어요. 그리고 무대 앞으로 가니까 거래 마스터가 조언자님을 불렀죠."

맹인 아저씨는 의자에 앉은 채 앞뒤로 몸을 흔들었다. 오늘 밤은 음악을 연주하지도 않았다. 아저씨 역시 불안한 모양이었다.

"전에는 달랐어. 사람들은 그저 소리만 질렀지. 웃음소리도 짓궂은 농담도 여기저기서 터져 나왔고."

"오늘 밤엔 웃는 사람 하나 없었어요. 다들 긴장했는지 입도 벙긋하지 않더라니까요. 정말 무서웠어요."

"그래, 조언자가 무대로 갔을 때 어떤 일이 있었지?"

맷티는 잠시 생각을 정리했다. 군중을 뚫고 지켜보는 게 조금 어렵기도 했었다.

"그냥 서 있었어요. 거래 마스터가 선생님에게 뭔가 물었는데 선생님은 이미 답을 알고 있는 것처럼 보였죠. 그러고 나서 다른 사람들도 답을 알고 있었던 것처럼 약간 웃었어요. 하지만 진짜 재미있어서가 아니라 그럴 줄 알았다는 식의 웃음이었어요."

"뭘 물었는지 들었니?"

"처음에는 못 들었는데, 거래 마스터가 모인 사람들마다 똑같은 질문을 되풀이했어요. 매번 같은 질문이었고 단 두 단어였어요. 원하는 대상은? 그게 전부였어요."

"그럼 사람들 반응도 같았겠구나?"

맷티는 고개를 저었다. 그리고 문득 말로 대답해야 한다는 사실을 깨달았다.

"아뇨, 달랐어요." 맷티가 대답했다.

"조언자의 대답은 들을 수 있었니?"

"예. 그래서 사람들이 그렇게 기이하게 웃었던 거예요. 조언자님의 대답은 '전과 같습니다.'였거든요."

맹인 아저씨가 인상을 찡그렸다.

"그 말이 어떤 뜻인지 알겠더냐?"

"어쩌면요. 왜냐하면 사람들이 모두 나무 재배자의 미망인을 바라보았고 아줌마는 얼굴을 붉혔거든요. 가까운 곳이라 잘 볼 수 있었어요. 친구들이 콕콕 찌르며 놀려 대니까, 아줌마가 이렇게 말하더라고요. '처음엔 거래 조건이 모자랐어.'"

"그래서 어떻게 됐지?"

맷티는 사건의 순서를 기억해 내려 애썼다.

"거래 마스터가 좋다고 말하는 것 같았어요. 최소한 고개를 끄덕이긴 했죠. 그러고는 책을 펼쳐 그 내용을 적기 시작했어요."

"그 책을 보고 싶구나."

맹인 아저씨는 이렇게 말하고 혼자 빙긋이 웃었다.

"아니면 너한테 읽어 달라고 하든지⋯⋯. 그래, 그다음에는?"

"선생님은 그냥 서 있었어요. 거래 마스터가 뭔가 적으니까 크게 안도하는 눈치였고요."

"그걸 어떻게 알았지?"

"미소를 지었고 표정도 밝아진 것 같았거든요."

"그러고는?"

"사람들 모두 침묵을 지켰고 거래 마스터가 물었어요. '거래할 내용은?'"

맹인 아저씨는 잠시 생각에 잠겼다.

"또 두 단어로구나. 그것도 매번 같았더냐? '원하는 대상은?' 다음에는 '거래할 내용은?' 이라는 질문이었느냐?"

"예. 그리고 조언자 선생님처럼 처음엔 아주 큰 소리로 대답하고, 두 번째는 속삭이듯 대답했어요. 아무도 듣지 못하게요."

"그러니까 그건 대놓고 발표하는 거구나. 원하는 대상 말이다……."

"예, 가끔 군중들이 핀잔 비슷한 말을 던지기도 했어요. 조롱이라고 하나요? 그게 적당한 단어 같은데."

"그럼 그가 모든 얘기를 다 적더냐?"

"아뇨. 라몬의 엄마가 일어났을 때도 거래 마스터는 '원하는 대상은?' 이라고 물었어요. 그래서 아줌마가 '모피 재킷' 이라고 했는데 거래 마스터는 '안 돼.' 라고 하더라고요."

"안 된다는 이유에 대해서도 설명했고?"

"이미 게임기를 차지했으니 다음 기회에 보자고 했어요. 그러면서도 포기하지 말라는 말을 덧붙였어요."

맹인 아저씨가 끊임없이 몸을 뒤척였다.

"맷티, 차 한잔 하자. 만들어 주겠니?"

맷티는 주전자가 끓고 있는 장작 난로로 가서 차를 준비했다. 그는 두꺼운 머그잔 두 개에 찻잎과 물을 차례로 붓고 하나를 아저씨에게 건넸다.

아저씨는 차를 한 모금 마신 후 물었다.

"두 번째 두 단어 질문을 다시 얘기해 주겠니?"

맷티가 되뇌었다.

"거래할 내용은?"

맷티는 일부러 목소리를 키우고 미미한 억양까지 흉내 내, 거래 마스터처럼 중요한 내용을 전하는 것처럼 해 보았다.

"하지만 그 질문에 사람들이 하는 대답은 하나도 들을 수 없었다는 거지, 응?"

"네. 귓속말을 했거든요. 거래 마스터는 그걸 책에 적었고요."

맷티는 갑자기 생각났다는 듯 허리를 똑바로 세웠다.

"제가 그 책을 훔쳐 와서 읽어 드리면 어떨까요?"

"맷티, 맷티……."

"죄송해요."

맷티는 재빨리 사과했다. 예전 삶에서 도둑질이 너무 큰 부분을 차지하고 있었던 탓에 몇 해가 지났는데도 여전히, 이 마을에서는 도둑질이 용납되지 않는 행동이라는 사실을 종종 까먹곤 했다.

맹인 아저씨는 잠시 아무 말도 않고 차만 홀짝였다. 맷티도 똑같이 따라 했다.

"음, 사람들이 대가로 뭘 내놓는지 알 수 있으면 좋겠구나. 네 말을 들으면 빈손으로 온 것 같은데, 사람들은 뭔가 내놓겠다고 했다는 얘기잖니? 책에 적을 내용을 말이다."

"라몬의 엄마만 빼고요. 아줌마는 거부당했지만 다른 사람들은 원하는 대상을 얻었어요. 조언자 선생님도 그렇고."

"하지만 우린 그게 무엇인지 모르잖니?"

"예, 선생님이 원한 대상은 '전과 같은 것'이었죠."

"말해 봐라, 맷티. 거래장을 떠날 때 조언자가 받은 건 아무것도 없었느냐? 뭘 가지고 가지 않았니?"

"예, 아무것도 없었어요."

"그곳에서 물건을 받은 사람은 있었니?"

"몇 사람은 배달 시간을 물었어요. 몇 사람은 게임기를 받았고. 게임기는 나도 탐나던걸요."

맷티는 가능성이 없는 줄 알면서도 그냥 한번 찔러 보았다.

아저씨는 그 말에 신경도 쓰지 않았다.

"한 가지만 더 묻자, 맷티. 잘 생각해야 해."

"좋아요."

맷티는 잘 생각할 각오를 단단히 다졌다.

"거래장이 끝났을 때 사람들이 달라 보이지 않든? 다는 아니더라도 거래를 성사시킨 사람들만이라도."

맷티가 한숨을 내쉬었다. 거래장은 혼잡한 데다 시간도 오래 걸렸다. 그래서 모든 게 끝났을 때쯤엔 맷티도 힘들고 피로해졌다. 맷티는 라몬을 보고 손을 흔들었다. 라몬은 거래 마스터에게 거절당해 화가 난 엄마 옆에 서 있었는데, 맷티를 보고도 손 한 번 흔들지 않았다.

맷티는 진을 찾아보았지만 그 자리엔 없었다.

"잘 모르겠어요. 그때쯤엔 저도 심드렁해졌거든요."

"게임기를 얻은 사람들은 어때? 받은 사람이 있다고 했잖니? 그게 누구였지?"

"시장 근처에 사는 아줌마였어요. 누군지 아세요? 남편이 곱사등이잖아요. 남편도 나왔지만 거래를 청하지는 않았어요."

"그래, 누군지 알겠다. 좋은 사람들이지. 그래, 그녀가 게임기를 거래로 얻었구나. 그녀가 떠날 때도 봤느냐?"

"예, 그런 것 같아요. 다른 아줌마들하고 함께 있었는데 걸어

가면서 다들 웃고 있었어요."

"남편하고 함께 있었다고 하지 않았니?"

"그랬죠. 하지만 남편은 뒤에서 따라갔어요."

"그녀 표정이 어떻드냐?"

"행복해 보였어요. 당연하잖아요, 게임기를 얻었는데. 친구들한테 집에 와서 게임해도 좋다고 말하더라고요."

"다른 건 없었어? 그녀에 대해 특별하게 기억나는 게 없는 거냐? 거래 후에 말이다. 그전 말고."

맷티는 어깨를 으쓱해 보였다. 이제 심문 받는 것도 따분해지기 시작했다. 맷티는 진을 떠올리며 내일 아침에 만나러 가 봐야겠다고 생각했다. 어쩌면 강아지를 데려올 수도 있을 것이다. 최소한 강아지를 핑계로 찾아갈 수는 있었다. 강아지는 건강해졌고 빠른 속도로 자랐다. 커다란 발에 커다란 귀. 얼마 전에도 보면서 즐거워했는데, 그때 엄마 개는 어린 아들이 자기 귀를 물고 장난치는 것을 지켜보며 으르렁거렸다.

강아지의 행동을 생각하다가 맷티는 문득 뭔가를 떠올렸다.

맷티가 말했다.

"뭔가 달랐어요. 제가 알기로, 아줌마는 좋은 분이세요. 게임기를 받은 아줌마 말이에요."

"그래, 좋은 여인이지. 친절하고 명랑한 사람이야. 남편에게도 잘 한단다."

"그게, 아줌마가 다른 아줌마들하고 떠들면서 가고 남편도 열심히 따라가고 있었어요. 그런데 아줌마가 갑자기 돌아서더니 왜 그렇게 굼뜨냐고 남편을 야단치는 거예요."

맹인 아저씨가 놀라며 되물었다.

"굼뜨다고? 하지만 그 친구는 장애인이야. 어떻게 빠르게 걸을 수 있겠니?"

"알아요. 하지만 아줌마는 아저씨를 비웃더니 걸음걸이까지 흉내 냈어요. 아저씨를 놀렸어요. 불과 잠깐 동안이었지만."

맹인 아저씨는 아무 말도 않고 의자를 앞뒤로 흔들었다. 맷티는 빈 머그잔을 싱크대로 가져가 설거지를 했다.

맹인 아저씨가 말했다.

"늦었구나. 벌써 잘 시간이야. 잘 자라, 맷티."

맹인 아저씨는 의자에서 일어나 현악기를 선반 위 제자리에 올려놓고 천천히 침실로 걸어갔다.

그러다가 마치 혼잣말처럼 중얼거렸다.

"그래, 그렇게 해서 게임기를 얻은 거야."

마치 꾸중이라도 하는 말투였다.

싱크대 앞에 있던 맷티가 다시 뭔가를 떠올리고 큰 소리로 외쳤다.

"그리고 조언자 선생님의 모반이 완전히 사라졌어요!"

8 ...

 강아지를 데려올 때가 되었다. 맷티도 준비가 끝났다. 어린 시절 몇 년간 친구가 되어 주었던 작은 개는 행복하고 활기찬 삶을 살았다. 늙어 죽을 때도 자다가 편히 숨을 거두었고, 맷티는 슬픔과 예를 다해 채소밭 너머에 묻어 주었다. 그리고 '막대기'를 못 잊던 소년은 오랫동안 새 개를 허락하지 않았다. 하지만 이제 때가 된 것이다. 맷티는 연락을 받고 황급히 진의 집으로 달려갔다. 진은 아빠가 강아지의 장난에 불같이 역정을 내기 때문에 당장 와서 강아지를 데려가야 한다고 했다.

 지난 주 거래장이 있은 후로 조언자의 집은 처음이었다. 화단은 언제나처럼 풍성하게 잘 다듬어져 있었다. 늦은 장미도 활짝 피었고 가을 과꽃은 씨를 머금고 통통하게 살이 올랐다. 진은 화단 옆에 무릎을 꿇고 모종삽으로 땅을 파고 있었다. 맷티를 올려다보고 미소 지었는데 아쉽게도 평소의 오만한 미소가 아니었다. 맷티를 거의 미치게 했던 그 요염한 미소 말이다. 오늘 아침 진의 모습은 혼란스러운 쪽이었다.

진이 맷티에게 말했다.

"헛간에 가둬 놨어. 집으로 데려갈 때 묶어 갈 개 줄은 가져왔어?"

"그런 거 필요 없어. 잘 따라올 거야. 개 다루는 법을 알거든."

진이 한숨을 내쉬며 모종삽을 옆으로 치웠다. 더러운 손으로 이마를 훔치는 바람에 흙이 묻었는데 맷티 눈에는 그것도 매력적으로 보였다.

진이 말했다.

"나도 그랬으면 좋겠다. 도무지 통제할 수가 없으니. 애가 너무 빨리 커서 지금은 힘도, 고집도 당해 낼 수가 없어. 아빠도 요즘 제정신이 아니라 이 말썽쟁이를 어디 내다 버리라고 호통을 치신다니까."

맷티가 씩 웃었다.

"선생님이야말로 학교에서 말썽쟁이들을 수도 없이 다루셨는데? 한때 말썽쟁이였던 나를 길들인 분도 바로 선생님이잖아."

진도 미소를 지었다.

"기억나. 너 처음 마을에 왔을 땐 정말로 지저분하고 제멋대로였지."

"내 스스로 세상 최고의 개차반이라고 부를 정도였으니까."

진은 웃음으로 그 말에 동의했다.

"정말 그랬어. 이젠 네 강아지가 그래."

"선생님은 댁에 계셔?"

진은 이번에는 한숨을 쉬며 말했다.

"아니, 나무 재배자의 미망인 만나러 가셨어. 요즘엔 날마다 그래."

"좋은 아줌마야."

진이 고개를 끄덕였다.

"그래. 나도 아줌마 좋아해. 하지만 맷티……."

맷티는 여태 서 있다가 이제야 화단 가장자리 잔디 위에 털썩 주저앉았다.

"응?"

"내가 이상한 얘기 하나 해도 되겠니?"

문득 진을 향한 애정이 맷티의 온몸을 휘감았다. 오랫동안 진만의 새침한 표정과 가벼운 바람기에 끌렸던 건 사실이다. 하지만 지금 맷티는 처음으로 뭔가 새로운 걸 느꼈다. 맷티가 본 것은 그 모든 피상적인 매력 뒤에 숨은 젊은 여인이었다. 흙 묻은 이마 위로 흘러내린 곱슬머리. 이제 진은 맷티가 만난 그 누구보다도 아름다운 여인이 되었다. 그런 그녀가 지금 맷티에게 속내를 얘기해 주겠다고 한다. 유치한 얘기도, 맷티를 놀리려는 바보 같은 이야기도 아니었다. 그건 상처받은 어른의 진솔한 고백이었다. 문득 맷티는 그녀를 사랑한다는 사실을 깨달았다. 지금껏 한 번도 느껴 본 적 없는 감정이었다.

진은 목소리를 낮추었다.

"아빠 얘기야."

"아빠가 변하고 있는 거지?"

맷티는 저도 모르게 이렇게 대꾸하고는 화들짝 놀랐다. 한 번도 곰곰이 생각해 본 적도 없고, 다른 사람한테 얘기해 본 적도 없는 말이었다. 그런데 지금 그 얘기를 진에게 하고 있지 않은가! 맷티는 묘한 안도감을 느꼈다.

진이 조용히 울기 시작했다.

"그래, 아빠는 가장 깊은 자아를 거래장에 내놨어."

"거래장에? 원하는 대상은?"

그 개념도 놀랍기는 마찬가지였다. 그 문제를 거기까지 생각해 본 적이 없었기 때문이다. 게다가 맷티는 거래 마스터의 문구를 그대로 되뇌었다!

"나무 재배자의 미망인. 아빠는 아줌마의 사랑을 원했어. 그래서 거래를 한 거야. 아빠는 이제 키도 크고 외모도 당당해졌어. 벗어진 뒤통수에도 다시 머리카락이 나고, 무엇보다, 맷티, 아빠 모반이 사라졌어."

그래, 바로 그거였어!

"나도 보긴 했지만 영문을 몰랐어."

맷티는 이렇게 말하며 흐느끼는 소녀를 안아 주었다.

진이 마침내 호흡을 가다듬었다.

"맷티, 난 아빠가 그렇게 외로워하셨는지 몰랐어. 진작 알았다면……."

"그래서 그렇게 된 거구나……."

맷티는 머릿속으로 상황을 정리하려고 애썼다.

"강아지. 처음엔 아빠도 저 말썽쟁이 강아지를 사랑했어. 천방지축이었던 너를 사랑했듯이 말이야. 하지만 어제 아빠가 강아지를 걷어찼을 때 모든 걸 확실하게 알 수 있었어."

진은 손등으로 두 눈을 훔쳤다. 이마에 사랑스러운 흠무늬가 한 줄 더 그려졌다.

맷티는 문득 하나를 더 떠올리고 덧붙였다.

"그리고 청원도 있어!"

"그래. 아빠는 언제나 새로 오는 사람들을 사랑했지. 아빠의 가장 큰 매력이었는걸. 모든 사람들을 돌보고 정성을 다해 가르치셨는데 지금은……."

그때 헛간에서 낑낑거리는 소리와 벽 긁는 소리가 들렸다.

"저 녀석을 꺼내 줘. 네 아빠가 오시기 전에 데려가야겠다."

진은 헛간으로 가서 문을 열었다. 비록 눈물 자국으로 얼룩진 얼굴이지만 진은 활달한 강아지를 향해 미소를 지어 보였다. 강아지는 깡충깡충 맷티의 품속으로 달려들더니 뺨을 핥기 시작했다. 흰 꼬리가 바람개비처럼 돌아갔다.

"생각 좀 해 봐야겠어."

맷티가 턱 밑을 가볍게 긁어 주자 강아지는 조금 얌전해졌다.

"생각할 게 뭐가 있어? 도저히 방법이 없어. 거래는 끝이 없을 테고. 만일 게임기 같은 황당한 기계가 망가지거나, 기계에 싫증이 났다고 해도 되돌릴 방법은 없는 거야."

진에게 말해야 하나? 맷티는 판단이 서지 않았다. 강아지와 어미 개를 소생시킨 힘을 보고도 진은 이해하지 못했다. 마음만 먹는다면 지금 설명해 줄 수는 있다. 하지만 설명해 주는 게 좋은지 확신할 수 없었다. 자신의 힘이 어느 정도 위력인지도 모르는 상태에서, 이 사랑스러운 소녀에게 불가능한 약속을 하고 싶지는 않았다. 인간의 영혼과 심장을 고치는 것, 돌이킬 수 없는 거래를 바로잡는 건 맷티가 감당할 수 있는 차원이 아닐 수도 있다.

그래서 맷티는 아무 말 하지 않고 강아지를 데리고 떠났다.

"봐요! 앉으라고 했더니 앉았어요."

맷티는 곧바로 신음을 내뱉고 중얼거려야 했다.

"오, 죄송해요."

맷티는 언제쯤에나 눈 없는 사람한테 "봐요."라는 말을 하지 않게 될까?

하지만 맹인 아저씨는 가볍게 웃었다.

"꼭 봐야 할 필요는 없단다. 그 애가 앉는 걸 들을 수 있으니까. 발소리가 멈추고 내 구두를 씹지 않는 걸 느낄 수도 있고."

"머리가 좋은 강아지예요." 맷티가 자랑스럽게 말했다.

"그래, 네 말이 맞는 것 같다. 영리한 녀석이다, 맷티. 빨리 배울 게야."

아저씨가 손을 내밀자 강아지가 달려가 손바닥을 핥았다.

"게다가 아주 예뻐요."

솔직히 맷티도 그렇게 믿으려 애쓰는 중이었다. 강아지는 털색이 다채로웠다. 발은 크고 꼬리는 풍차처럼 돌렸으며 귀는 짝짝이었다.

"물론 그렇겠지."

"이름이 필요해요. 아직 좋은 이름을 생각 못 했거든요."

"진짜 이름이 곧 떠오를 거야."

"나도 진짜 이름을 갖고 싶어요." 맷티가 말했다.

"때가 되면 저절로 갖게 된단다."

맷티는 고개를 끄덕이고는 다시 강아지한테 시선을 돌렸다.

"처음엔 생존이로 할까 생각했죠. 살아남은 유일한 강아지니까. 그런데 강아지니까 외자 이름이 좋을 것 같더라고요."

맷티는 강아지를 무릎 위에 올려놓고 배를 긁어 주었다. 그러고는 갑자기 키득거리며 웃기 시작했다.

"그다음엔 삶이라는 이름도 생각했어요. 살아있는 유일한 놈이잖아요."

"삶?" 아저씨가 따라 웃었다.

"알아요, 저도. 바보 같은 생각이었죠. 삶아, 삶아! 이렇게 부른다고 생각하면."

맷티는 강아지를 다시 바닥에 내려놓았다. 강아지는 꼬리를 돌리며 난로 옆에 쌓아 둔 장작을 향해 으르렁거리다가 비틀린 생나무 한쪽을 씹기 시작했다.

아저씨가 제안했다.

"지도자한테 물어보려무나. 사람들한테 진짜 이름을 주는 분이 아니더냐. 어쩌면 강아지 이름도 줄지 모르잖니?"

"좋은 생각이에요. 어쨌든 지도자님을 뵐 일도 있으니까요. 모임을 위한 메시지를 돌릴 때가 되었는데 이 녀석을 데려갈래요."

짧은 다리와 커다란 발 때문에 강아지는 지도자 집의 계단을 오르지도 못했다. 맷티는 강아지를 안고 올라가 2층 바닥에 내려놓았다. 지도자는 책상에 앉아 기다리고 있었다. 메시지도 준비되어 있었다. 메시지 더미를 안아 들고 곧바로 심부름에 나서면 될 일이었지만 맷티는 머뭇거렸다. 지도자와 함께 있는 게 좋기도 했고, 몇 가지 하고 싶은 말도 있었다. 맷티는 마음속으로 문제들을 정리하기 시작했다.

"강아지를 위해 종이 한 장 깔아 줄까?"

지도자가 물었다. 지도자는 방 안을 휘젓고 다니는 조그만 생명체를 기분 좋게 바라보고 있었다.

"아니, 괜찮아요. 처음에 배운 게 그거라 사고는 안 쳐요."

지도자가 편안한 자세로 의자에 등을 기댔다.

"너한테 좋은 친구가 될 게다. 옛날 막대기처럼. 그거 아니, 맷티? 어릴 때 내가 있던 곳엔 개가 없었단다. 가축이라곤 하나도 없었지."

"닭도 없었어요? 염소도?"

"그래, 아무것도 없었어."

"그럼 뭘 먹고 살아요?" 맷티가 물었다.

"물고기가 있었지. 양어장에서 아주 많은 물고기를 생산했거든. 채소도 있었지만 고기는 없었어. 애완동물도 당연히 없었지. 그래서 애완동물을 키운다는 게 어떤 건지 전혀 몰랐단다. 아니, 무언가를 사랑하고 또 사랑받는 게 무슨 의미인지조차 몰랐다고 해야겠구나."

그 말을 듣고 맷티는 진을 생각했다. 얼굴이 왠지 빨개지는 것 같았다.

맷티가 물었다.

"여자애를 사랑해 본 적 있으세요?"

맷티는 지도자가 웃을 거라고 생각했다. 그러나 지도자의 얼굴은 생각에 잠긴 쪽에 가까웠다. 지도자는 잠시 뜸을 들였다가 입을 열었다.

"여동생이 있었다. …… 지금도 늘 그 애 생각을 해. 행복했으면 좋겠구나."

지도자는 책상에서 연필을 집더니 손가락으로 돌리며 창밖을 내다보았다. 그의 깊고 푸른 두 눈이 머나먼 곳을 보고 있는 것 같았다. 그러니까 아득한 과거나 미래 같은 곳 말이다.

맷티는 망설이다가 다시 말을 꺼냈다.

"소녀 말이에요. 여동생 말고. 에, 그러니까 여자애……."

지도자는 연필을 내려놓고 미소를 지었다.

"네가 무슨 말 하는지 안다. 오래전엔 나도 여자가 있었지. 너보다 더 어렸을 때였어, 맷티. 하지만 그때는 변화도 변덕도 많을 나이였어."

"어떻게 되었는데요?"

"그 애가 변했지. 나도 변했고."

"가끔 아무것도 변하지 않았으면 좋겠다는 생각을 해요."

맷티는 한숨을 내쉬었다. 그리고 그때 지도자에게 하고 싶었던 말이 생각났다.

"지도자님, 거래장에 갔었어요. 처음으로."

지도자가 어깻짓을 했다.

"사람들이 그곳을 폐쇄하는 데 찬성했으면 좋겠다. 지금은 가지 않지만 옛날엔 나도 가 봤다. 그냥 바보 같은 시간낭비 같았는데 지금은 더 나빠진 모양이야."

"게임기 같은 걸 얻는 유일한 방법이라서 그럴 거예요."

지도자가 얼굴을 찡그렸다. 그는 경멸이 섞인 말투로 말했다.

"게임기라."

맷티가 투덜댔다.

"에, 저도 하나 갖고 싶은데 아저씨가 반대하세요."

강아지는 방구석으로 가서 코를 킁킁거리다가 한 바퀴 돌더니 그대로 누워 잠들어 버렸다. 맷티와 지도자는 함께 그 모습을 보며 미소 지었다. 맷티는 어떻게 말을 꺼내고 어떻게 설명해야 할지 난감했다. 그래서 두 사람은 아무 말도 못 하고 그저 잠든 강아지만 바라보았다. 그러다가 맷티가 저도 모르게 불쑥 얘기를 꺼내고 말았다.

"그건 단순한 게임기가 아니에요. 거래장에서 분명 무슨 일이 일어나고 있어요. 지도자님, 사람들이 변하고 있어요. 조언자 선생님처럼요."

지도자가 물었다.

"나도 조언자님의 변화를 보았다. 맷티, 하려는 말이 뭐지?"

"조언자 선생님이 거래장에 내놓은 건 깊은 자아였어요. 다른 사람들도 마찬가지일 거예요." 맷티가 말했다.

지도자는 상체를 내밀고 맷티가 하는 말을 주의 깊게 들었다. 그건 지도자도 의문을 품고 있으며 또 알고 있는 얘기라는 뜻이었다.

"지도자님이 이름을 지어 주셨는데 좋은 이름인지 잘 모르겠어요."

맷티는 점심때쯤 집에 돌아왔다. 마지막 메시지까지 모두 돌린 후였다. 맹인 아저씨는 싱크대에서 옷가지 몇 개를 빨고 있었다.

아저씨가 맷티의 목소리가 나는 쪽을 향해 돌아서며 물었다.

"그래, 뭐라고 하시든?"

"폴짝이."

"흠, 부르기 좋구나. 강아지는 어떻게 생각한다든?"

맷티는 재킷 안에 웅크리고 있던 강아지를 꺼냈다. 강아지는 오전 내내 뛰어다니며 부지런히 맷티를 쫓아다녔다. 하지만 결국 그 짧은 다리가 피곤해졌고 그다음부터는 맷티가 내내 들고 다녀야 했다.

강아지는 재킷 안에서 잠들었던 모양인지 눈을 깜빡거렸다.

맷티는 강아지를 바닥에 내려놓았다.

"폴짝아?"

맷티가 부르자 강아지가 올려다보며 꼬리를 휘저었다.

"폴짝아, 앉아!"

강아지는 즉시 자리에 앉으며 초롱초롱한 눈으로 맷티를 올려다보았다.

"말을 들어요!"

맷티가 기뻐하며 아저씨한테 말했다.

"폴짝아, 엎드려!"

강아지는 전혀 망설임 없이 바닥에 바짝 엎드리고는 작은 코를 깔개에 붙였다.

"벌써 진짜 이름을 아나 봐요! 기특한 녀석."

맷티는 강아지 옆에 앉아 머리를 쓰다듬어 주었다. 폴짝이는 커다란 갈색 눈을 깜빡거리며 바닥에 붙인 몸을 파르르 떨었다.

"우리 착한 폴짝이."

9 ....

마을 어디에서나 다가오는 모임에 대한 얘기뿐이었다. 맷티가 어디를 가든 청원 얘기가 귀에 들어왔다.

그때쯤 마지막 정착민 무리도 이따금 밖에 모습을 드러냈다. 상처는 소독하고, 옷은 깨끗하게 빨고, 머리는 빗고, 굳은 얼굴도 이미 풀어진 터였다. 절박했던 태도도 상당히 부드러워졌다. 아이들도 이제는 마을 아이들과 어울려 길에서 뛰어놀거나 사방치기나 술래잡기를 했다. 그들을 지켜보며 맷티는 자신의 어린 시절을 떠올렸다. 그때의 허세 어린 행동과 그 뒤에 숨겨 두었던 끔찍한 분노를. 마을에 들어오기 전까지만 해도 맷티는 누군가 자신을 필요로 하리라고는 상상도 못했다. 그리고 그 후로도 오랫동안 사람들의 친절을 믿지 못했었다.

맷티는 발치에서 졸랑졸랑 따라오는 폴짝이를 데리고 시장으로 향했다. 빵을 조금 사러 가는 길이었다.

"안녕하세요!"

맷티는 길에서 마주친 한 아줌마에게 큰 소리로 인사를 건넸다. 새로운 정착민인데 최근 환영 행사에서 본 적이 있었다. 그날 아줌마는 해쓱한 얼굴에 두 눈을 왕방울만 하게 뜨고 있었다. 지금도 얼굴에는 덧난 상처 같은 것이 남아 있었다. 게다가 한쪽 팔이 심하게 비틀린 채였다. 아무래도 일을 하기가 쉽지는 않아 보였다.

하지만 오늘은 편해 보였다. 여유롭게 길을 따라 걸으며 맷티의 인사에 미소로 화답까지 해 주었다.

"안 돼! 폴짝아! 앉아!"

맷티는 강아지를 야단쳤다. 강아지가 아줌마의 낡은 치맛단을 물겠다고 껑충거렸던 것이다. 폴짝이가 못마땅한 듯 명령에 복종했다.

아줌마가 허리를 낮추어 폴짝이의 머리를 토닥여 주었다.

"괜찮아. 나도 개가 있었는데 두고 올 수밖에 없었어."

아줌마의 말에도 약한 억양이 있었다. 대부분의 마을 사람들처럼 아줌마도 옛 마을로부터 말하는 습관을 가져온 것이다.

"이제 좀 정리가 되셨어요?"

"그래. 사람들이 친절해. 잘 참아 주기도 하고. 상처를 입은 데다 많은 것을 새로 배워야 하잖아. 시간이 좀 필요할 거야."

"인내는 마을의 중요한 가치예요. 마을엔 장애가 있는 사람들이 많거든요. 아버지도……."

맷티는 잠시 멈췄다가 다시 말했다.

"함께 사는 분이 있는데 보는 자라는 분이세요. 아마 만나셨을 거예요. 앞을 못 보시지만 사방을 돌아다니시니까요. 하지만 그분도 처음 왔을 땐 눈을 막 빼앗긴 터라……."

"근심이 하나 있단다."

아줌마가 불쑥 이렇게 말했다. 아줌마의 근심은 낯선 길이나 방향 따위에 관한 건 분명 아닐 것이다. 얼굴에 수심이 가득했다.

"어려운 일이 있으면 지도자님과 상의하면 돼요."

아줌마가 고개를 저었다.

"너도 대답할 수 있을 거야. 마을 폐쇄에 대한 얘기란다. 청원 얘기를 들었어."

"하지만 이미 들어오셨잖아요! 걱정 안 하셔도 돼요. 아줌마는 이제 우리 마을 사람이니까 마을을 닫는다 해도 다시 내보내지는 않아요!" 맷티가 안심을 시켜 주었다.

"난 아들과 함께 왔어. 그 애 이름은 블라디크야. 네 또래인데 기억하니?"

맷티가 고개를 저었다. 그런 소년은 기억나지 않았다. 이번 난민이 대규모였기 때문이다. 맷티는 아줌마가 왜 아들을 걱정하는지 이해되지 않았다. 마을에 적응하는 데 어려움이 있는 건가? 종종 그런 정착민들이 있었다. 맷티도 마찬가지였다.

"저도 처음 왔을 때 무척 두려웠었어요. 외롭기도 했고. 그래서 버릇없이 행동했고, 거짓말에 도둑질까지 한걸요. 하지만 보세요. 지금은 괜찮아요. 이제 곧 진짜 이름도 얻을 수 있을 거예요."

"아냐, 아냐. 내 아들은 착하단다. 거짓말이나 도둑질 얘기가 아니야. 건강하고 성실한 아이니까. 벌써 들판에서 일을 시작한걸. 곧 학교에도 나갈 거야."

"에, 그럼, 걱정할 필요 없잖아요."

아줌마가 고개를 저었다.

"아니, 그 애 걱정을 하는 게 아냐. 다른 아이들 얘기란다. 블라디크는 데려왔지만 다른 애들은 두고 올 수밖에 없었어. 먼저 와서 길을 찾으려고 했거든. 너무도 멀고 힘든 여행이었단다. 다른 애들도 곧 올 거야. 더 어린 아이들인데, 내가 여기 자리를 잡으면 여동생이 데려오기로 했어."

아줌마의 목소리가 떨렸다.

"하지만 사람들 말이 마을이 봉쇄된다는 거야. 어떻게 해야 할지 모르겠어. 어쩌면 어린 아이들한테 돌아가야 할지도 모르겠다는 생각도 한단다. 블라디크는 이곳에서 혼자 살아갈 수 있을 테니까."

맷티는 난감했다. 아줌마에게 해 줄 수 있는 말이 없었다. 돌아갈 수는 있는 건가? 온 지 얼마 되지 않았기 때문에 아직 늦지 않았을 수도 있다. 숲도 아직은 이 불쌍한 여인을 붙들지 않을 것이다. 상처가 어떻게 난 건지는 모르지만, 다른 공동체에선 종종 끔찍한 방식으로 체벌을 한다는 정도는 알고 있었다. 맷티의 옛 고장에서도 그랬다. 맷티는 아줌마의 상처와 부러진 팔을 보고 돌에 맞은 것은 아닌가 하고 생각했다.

물론 아이들을 안전한 마을로 데려오고 싶을 것이다.

"내일 투표를 할 거예요. 아직 진짜 이름을 얻지 못했기 때문에 아줌마와 전 투표는 못 하지만 가서 토론을 들을 수는 있어요. 원한다면 말을 할 수도, 투표를 지켜볼 수도 있고요."

맷티는 아줌마에게 사람들이 모이는 곳이 어딘지 가르쳐 주었다. 아줌마는 다치지 않은 손으로 맷티의 손을 잡고 감사의 뜻을 전한 다음 다시 갈 길을 떠났다.

맷티는 시장에 도착해서 진에게 빵 한 덩어리를 샀다. 진은 포장지에 국화꽃 한 송이를 끼워 주고 폴짝이에게 미소를 지었다. 그리고 쪼그리고 앉아 강아지한테 빵 조각을 조금씩 먹였다.

"내일 모임에 갈 거니?" 맷티가 물었다.

"그럴 것 같아. 아빠 때문에 일어난 일이니까."

진이 한숨을 내쉬고는 가판대 물건들을 정리하기 시작했다. 그러다가 문득 참았던 울분을 터뜨리고 말았다.

"처음엔 책과 시였어. 엄마가 돌아가신 후, 아빠는 저녁마다 어린 내게 소설을 들려주고 시를 암송해 주셨지. 그다음엔 그 글을 쓴 사람들에 대해 말씀하셨고. 그래서 우리가 학교에서 배울 때쯤엔—기억하지 맷티? 문학 수업 말이야.—그때 난 벌써 다 아는 내용이었던 거야. 깨닫지도 못하는 사이에 아빠가 특유의 방법으로 나를 가르치신 덕분에."

맷티도 물론 기억했다.

"선생님은 다양한 목소리를 구사하셨어. 맥베스 부인 기억나니? '사라져라, 저주 받은 핏자국이여! 내가 이르노니, 가거라!'"

맷티는 조언자가 구사했던, 불길하지만 당당한 목소리를 흉내 내 보았다.

진이 웃었다.

"그리고 맥더프도 있어! 아빠가 아내와 아이들에 대한 맥더프의 연설을 암송할 땐 나도 울었어."

맷티도 그 연설을 기억했다.

맷티와 진은 빵 가판대 옆에 서서 함께 그 구절을 암송했다. 발치에서는 폴짝이가 깡충깡충 뛰어다니고 있었다.

내 사랑 모두?
지금 모두라고 했는가? 오 지옥의 독수리여! 모두라니!
세상에! 내 소중한 병아리들과 어미 모두를
단 한칼에 채어 가다니……
돌이켜보건대 그들이야말로
내게 가장 소중한 보배였던 것을.

진은 돌아서서 가판대에 빵들을 다시 진열하기 시작했다. 하지만 생각은 이미 다른 곳에 가 있었다. 잠시 후 진이 맷티를 올려다보며 당혹스러운 목소리로 말했다.

"아빠가 얼마나 소중하게 생각했던 것들인데. 게다가 아빠는 나도 그렇게 여기게끔 만들었어. 시와 언어, 그리고 그것으로 삶을 어떻게 살아야 할지 되새기는 방법 말이야."

그러고 나서 진은 괴로움이 묻어나는 말투로 말을 이었다.

"그런데 이젠 나무 재배자의 미망인과 마을을 봉쇄하는 얘기만 해. 도대체 아빠한테 무슨 일이 일어난 거지?"

맷티가 고개를 저었다. 맷티도 답을 알지 못했다.

맥더프의 유명한 연설은 길에서 만난 아줌마를 떠올리게 했다. 아이들의 미래를 걱정하던 아줌마. 내 사랑스러운 보배들.

그 순간 그들 모두가 저주 받았다는 생각이 들었다.

맷티는 자신의 힘에 대해 완전히 잊었다. 개구리도 잊고 있었다.

10

 청원에 대한 토론과 표결을 위한 모임은 과거 여느 때와 마찬가지로 차분하고 신중하게 진행되었다. 지도자는 연단에 서서 크고 낭랑한 목소리로 청원서를 낭독하고 개회를 알렸다. 사람들도 하나씩 나와 자기 생각을 밝혔다.

 새로운 사람들도 왔다. 길에서 만난 아줌마도 눈에 띄었다. 그 옆의 키 크고 옅은 색 머리카락의 소년이 블라디크인 모양이었다. 둘은 새로운 정착민들과 함께 한쪽에 따로 서 있었다. 투표권이 없기 때문이다.

 어린애들은 금세 흥미를 잃고 소나무 숲 근처에서 뛰어놀았다. 맷티도 처음엔 저 아이들과 마찬가지였다. 처음 이곳에 왔을 땐 모임도 토론도 좋아하지 않았다. 하지만 지금은 맹인 아저씨를 비롯한 어른들과 함께 있었다. 토론에 집중하려고 폴짝이도 데려오지 않았다. 언제나 함께 다녔지만 오늘만은 예외였다. 문 안쪽에서 흘러나오던 낑낑거리는 소리가 아직도 귓가에 맴돌았다.

사람들로 미루어 보아 끔찍한 일이 일어나고 있다는 것만은 너무도 분명해 보였다. 거래장이 열렸을 때는 어두운 저녁 시간인 데다 맷티도 거래 과정에 신경을 쓰느라 개개인을 살펴보지 못했다. 기껏해야 집으로 돌아가면서 남편에게 못되게 군 여자와, 조언자처럼 연단에 올라간 사람들 정도가 고작이었다.

하지만 지금은 밝은 대낮이다. 맷티는 모든 사람들을 볼 수 있었다. 놀랍게도 그들의 변화는 소름끼칠 정도였다.

가까운 곳에 라몬이 있었다. 부모와 여동생도 함께 있었다. 라몬의 엄마는 모피 재킷을 요구했다가 거부당했다. 하지만 라몬네 가족은 게임기를 꽤 오래 갖고 있었으며, 따라서 거래가 이뤄진 것도 꽤 오래전 일이었다. 맷티는 친구의 가족을 주의 깊게 살펴보았다. 최근에 낚시를 가자고 했다가 라몬이 아프다고 거절한 이후로 친구를 본 것도 처음이었다.

라몬은 맷티를 힐끔 보고 미소를 지었다. 맷티는 놀라 숨을 쉴 수가 없었다. 친구의 상태가 정말로 위중해 보였다. 라몬의 얼굴은 더 이상 가무잡잡하지도 않았고 두 뺨에 홍조도 보이지 않았다. 지금은 그저 잿빛의 야윈 얼굴일 뿐이었다. 그 옆에 있는 여동생도 아파 보였다. 두 눈은 움푹 들어가 있었고 연이어 깊은 기침을 해 댔다.

라몬의 엄마는 그런 기침 소리를 들으면 언제나 아이와 눈을 맞추고 앉아 아이의 상태를 돌봐 주곤 했다. 하지만 지금은 아이 어깨를 거칠게 흔들고 "쉿." 하며 경고하는 게 고작이었다.

사람들이 하나씩 연설을 했다. 맷티는 하나하나 거래한 사람들을 알아볼 수 있었다. 마을에서 가장 근면하고 친절하고 용감한 사람들 몇이 연단에 올라가, 당장이라도 마을을 폐쇄해야 한다고 주장했다. 더 이상 '우리'가 자원을 빼앗기는 불상사를 막아야 한다는 얘기였다. 맷티는 그 '우리'라는 단어를 들을 때마다 몸서리를 쳐야 했다.

"우리를 위해 물고기를 비축해야 합니다."

"우리 학교는 저들의 아이들까지 받아들일 만큼 넉넉하지 못합니다. 오직 우리 애들만 가르쳐야 합니다."

"저 사람들은 말도 제대로 못 해요. 심지어 우리가 이해할 수 없는 말까지 하지 않습니까!"

"저들은 필요한 게 너무 많습니다. 우리가 왜 저 사람들까지 돌봐야 하는 거죠?"

그리고 심지어 이런 얘기까지 나왔다.

"우리도 참을 만큼 참았단 말이오!"

이따금 거래의 영향을 받지 않은 사람들이 연단에 오를 때도 있었다. 그들은 마을의 역사에 대해 설명했다. 가난과 고통에서 도망쳐 이 새로운 곳에 들어와 어떤 환대를 받았고 어떻게 정착했는지에 대한 얘기였다.

맹인 아저씨도 반죽음 상태로 이곳에 실려 와 마을 사람들에게 몇 달간 도움받은 얘기를 호소력 있게 전달했다. 눈이 보이지는 않지만 이곳은 자신의 진정한 고향이라는 말도 했다. 맷티는 자신도 나가서 얘기를 해야 하나, 망설였다. 자신을 구해 준 마을이고, 이제는 진정한 고향이 되었으니 맷티도 진정으로 나서서 얘기하고 싶었다. 하지만 창피했다. 그때 맹인 아저씨자가 맷티를 대신해 말하기 시작했다.

"내 아이는 육 년 전에 이곳에 들어왔습니다. 당시에 어린 맷티가 어땠는지는 다들 기억할 겁니다. 날마다 싸우고 욕하고 물건을 훔쳤으니까요."

맷티는 '내 아이'라는 소리가 듣기 좋았다. 아저씨가 그렇게 부르는 걸 한 번도 들어 본 적 없었다. 아, 물론 사람들이 고개를 돌려 자신을 바라볼 때에는 창피해 죽을 뻔하기는 했다.

"마을이 이 아이를 지금의 모습으로 만들었어요. 이제 곧 진짜 이름도 얻게 될 겁니다."

순간 맷티는 연단에 서 있는 지도자가 장내에 정숙을 명한 다음 자신을 불러 이마에 손을 대고 진짜 이름을 공표해 주기를 바랐다. 가끔 그런 경우도 있었다.

메신저. 맷티는 선언을 기다리며 숨을 죽였다.

하지만 지도자가 아니라 다른 사람의 목소리가 들려왔다.

"그 애가 어땠는지는 나도 기억해요. 우리가 문을 닫는다면 더 이상 그 고생을 할 필요도 없을 거요! 맷티가 처음 왔을 때처럼, 도둑과 거지, 머리에 이가 그득한 애들 치다꺼리를 할 필요가 없는 거죠!"

맷티는 뒤를 돌아보았다. 누군가에게 빰이라도 맞은 것처럼 어안이 벙벙했다. 그 말을 한 사람은 이웃 아줌마였다. 그것도 맷티가 처음 왔을 때 옷을 만들어 준 아줌마가 아닌가! 넝마 차림의 맷티를 세워 놓고 치수를 잰 다음, 골무를 끼고 바느질을 시작했던 아줌마의 모습이 아직도 눈에 선했다. 그땐 바느질을 하면서도 부드럽고 친절한 목소리로 말을 걸어 주기도 했건만.

이제 이웃 아줌마는 고급 재봉틀에 멋진 옷을 만들 옷감까지 몇 필 구했다. 이제 간단한 바느질은 모두 맹인 아저씨가 했다.

결국 이웃 아줌마도 거래를 했고, 그래서 맷티뿐 아니라 새로 온 사람들한테 등을 돌린 것이다.

이웃 아줌마의 목소리는 다른 사람들을 자극해 이제 수많은 사람들이 구호를 외쳐 대기 시작했다.

"마을을 봉쇄하라! 문을 잠가라!"

맷티는 지도자가 그렇게 슬퍼하는 모습을 본 적이 없었다.

모임이 끝나고 마을 폐쇄가 결정되고 나서, 맷티는 맹인 아저씨와 함께 터덜터덜 집으로 돌아왔다. 처음에 두 사람은 아무 말도 하지 않았다. 할 말이 없었다. 세상이 뒤집혔는데 무슨 말을 하겠는가.

잠시 후 맷티가 아저씨 기분을 달래 주려고 대화를 시도했다.

"이제 다른 마을과 공동체에 메시지를 날라야 할 거예요. 여행은 끝내주게 많이 하겠네요. 어쨌든 겨울이 아니라 다행이긴 해요. 눈을 뚫고 가려면 고생할 테니까요."

맹인 아저씨가 말했다.

"그는 눈을 뚫고 왔단다. 그게 어떤 건진 그가 잘 알 거야."

맷티는 한동안 누구 얘기인가 했다.

'누구? 아, 그래, 그 작은 썰매!'

"지도자님이야 누구보다 많이 아시잖아요. 게다가 아직 젊기도 하세요."

"그는 저 너머를 본단다."

"예?"

"특별한 재능이지. 그런 사람들이 있어. 지도자는 사물 너머를 보는 재능이 있단다."

맷티는 깜짝 놀랐다. 맷티도 지도자의 연파란색 눈동자를 눈여겨보았고, 다른 사람들에게 없는 종류의 비전을 지녔을 거라는 생각도 했다. 하지만 그런 식의 묘사는 처음이었다.

그 바람에 맷티는 최근에 자신에 대해 알게 된 사실을 다시 생각하게 되었다.

"그럼 지도자님 같은 일부 사람들만 특별한 재능이 있나요?"

"그래, 그렇단다." 아저씨가 대답했다.

"항상 같은 거예요? 그러니까, 어, 뭐라고 하셨죠? 너머를 보는 능력?"

두 사람은 굽잇길에 다가가고 있었다. 이제 갈라진 길로 접어들면 집이 나온다. 언제나 그렇듯, 아저씨는 굽잇길을 감지하고 방향과 각도를 틀었다. 그 정교함에는 맷티도 혀를 내두르지 않을 수 없었다.

"아니, 그건 사람마다 달라."

"아저씨도 있어요? 그래서 어디로 가야 할지 아는 거예요?"

맹인 아저씨가 웃었다.

"아니다, 그건 학습한 거야. 여러 해를 눈 없이 지낸 덕분이지. 처음엔 나도 넘어지고 여기저기 부딪혔단다. 늘 사람들 도움을 받아야 했지. 물론 옛날에야 마을 사람들이 너도나도 달려와 도와주고 길을 안내해 주기는 했지만 말이다."

아저씨는 씁쓸한 말투로 말을 이었다.

"이제 앞으로 어떤 일이 일어날지 모르겠구나."

두 사람이 집에 다다르자, 소리를 들은 폴짝이가 문을 긁으며 짖어 대기 시작했다.

맷티는 아직 대화를 끝내고 싶지 않았다. 아저씨한테 자기 얘기를 털어놓고 싶었다. 자신의 비밀 얘기를.

"그러니까 아저씨는 지도자님 같은 능력이 없다는 말씀이죠? 그럼 다른 사람은요?"

"딸애한테 있더구나. 그날 밤 그 애가 말해 주었다. 네가 나를 그 아이한테 데려다 준 날 말이다."

"키라 누나가요? 누나한테 특별한 능력이 있다고요?"

"그래, 네 옛 친구 키라. 네 버르장머리를 고쳐 준 여자애."

맷티는 그 말은 못 들은 척했다.

"누나도 이젠 어른이 되었겠어요. 마지막으로 본 지 벌써 이 년이나 지났으니. 그런데 누나는 어떤 재능을……."

그때 갑자기 아저씨가 계단에서 우뚝 멈춰 서더니 큰 소리로 소년을 불렀다.

"맷티!"

"왜요?"

"지금 막 생각났는데, 마을 문은 삼 주 후에 닫는다고 했지?"

"예."

아저씨가 계단에 앉아 두 손으로 머리를 감쌌다. 생각이 필요할 때면 이따금 그런 자세를 취했다. 맷티도 그 옆에 앉아 기다렸다. 안에서는 머리끝까지 화가 난 폴짝이가 문을 향해 몸을 던지기 시작했다.

마침내 맹인 아저씨가 입을 열었다.

"아무래도 네 옛 고향에 다녀와야겠다, 맷티. 어쨌든 지도자가 너한테 메시지를 들려 보낼 거야. 여기저기 다녀오게 할 일이 있을 테니까. 하지만, 맷티, 반드시 네 고향부터 가야 해. 지도자도 이해하실 게다."

"하지만 전 무슨 말이지 모르겠어요."

"내 딸 말이다. 언젠가 키라가 한 말이 있어. 때가 되면 이곳에 와서 살겠다고. 맷티, 너도 알지? 그 애가 먼저 그곳에서 해야 할 일이 있다고 했잖아."

"예. 그랬어요, 아저씨. 지난번에 갔을 때 보니까 마을이 많이 바뀌어 있었어요. 사람들이 아이들을 돌보기 시작했고 또……."

맷티는 머뭇거렸다. 학대 받던 기억이 떠올라 말하기가 쉽지 않았다. 결국 짧게 마무리짓기로 했다.

"키라 누나 노력 덕분에 지금은 훨씬 좋아졌을 거예요."

"이제 삼 주밖에 남지 않았다, 맷티. 문이 잠기고 나면 늦어. 그 애가 들어오지 못할 테니까. 그 전에 키라를 데려와야겠다, 맷티. 아니면, 다시는 보지 못하게 될 게야."

"아저씨가 '본다'고 할 때마다 기분이 이상해요."

아저씨가 미소를 지었다.

"난 마음으로 본단다, 맷티."

맷티가 고개를 끄덕였다.

"저도 알아요. 누나를 데려올게요. 내일 당장 출발해서."

두 사람은 함께 일어섰다. 벌써 저녁을 준비할 시간이었다. 맷티가 문을 열자 폴짝이가 품 안으로 뛰어올랐다.

11 ⋯⋯⋯

"구겨지지 않게 셔츠 안에 넣어라, 맷티. 갈 길이 멀어."

맷티는 두꺼운 봉투에 접어 넣은 메시지 꾸러미를 지도자가 지적한 곳, 그러니까 옆구리에 끼워 넣었다. 지도자한테는 말하지 않았지만 나중에 여행 짐을 꾸리고 나면 봉투를 다른 곳에 넣을 생각이었다. 아마도 식량과 담요 사이가 될 것이다. 셔츠 안이 가장 안전하고 깨끗한 곳이기는 하나 그곳엔 폴짝이를 넣고 다닐 참이다.

삼 주 안에 이웃 마을과 공동체 모두를 돌아볼 수는 없었다. 몇몇 마을은 며칠씩 걸릴 만큼 떨어져 있고 배를 타고 가야 하는 곳도 있었다. 맷티는 강을 건널 자격이 없었다. 그래서 언제나 사공이라는 이름의 남자가 메시지와 물건을 대신 전해 주었다.

메시지는 숲을 통과하는 모든 길의 이정표에 부착해야 한다. 그래야 난민들이 보고 돌아갈 수 있기 때문이다. 맷티는 모든 길을 알고 있을 뿐 아니라, 숲 속 여행을 두려워하지 않는 유일한 존재였다. 맷티는 모든 이정표를 찾아낼 것이며 옛날 고향에도 찾아갈 것이다. 옛 고향과 마을은 벌써 몇 년 동안 소식을 주고받아 오던 터였다. 그들도 새로운 결정에 대해 알아야 했다.

지도자는 언제나처럼 창가에 서서 마을과 마을 사람들을 내려다보았다. 맷티는 기다렸다. 머나 먼 여행이라 걸음을 재촉해야 했으나 아무래도 지도자가 하고 싶은 말이 있다는 생각이 들었다. 아직 남아 있는 말이 있는 게 분명했다.

마침내 지도자가 돌아와 맷티 옆에 섰다.

"내가 너머를 본다고 말씀하시더냐?"

"예, 지도자님한테 특별한 재능이 있다고 하셨어요. 아저씨 딸한테도요."

"따님이라. 키라라는 소녀 말이구나. 네가 옛 고향을 떠날 수 있도록 도와준 아가씨. 따님 얘기는 나도 금시초문이다."

"슬퍼셔서 그래요. 하지만 늘 누나 생각을 하시는걸요."

"그런데 그 아가씨한테도 재능이 있다고?"

"예, 하지만 누나 재능은 달라요. 보는 자 아저씨 말씀이 재능은 다 다르대요."

'내 재능에 대해서는 모르시죠?'

맷티는 그런 생각을 했지만 입 밖에 내지는 않았다.

지도자는 맷티의 마음을 읽기라도 하듯 불쑥 이렇게 말했다.

"네 재능에 대해 알고 있단다."

맷티는 몸서리를 쳤다. 재능이란 것은 여전히 맷티를 놀라게 했다.

"아무한테도 말하지 않았어요. 보는 자 아저씨한테도요. 비밀로 할 생각은 없었지만 아직 저도 제대로 이해하지 못한걸요. 마음에서 몰아내고 내 안에 그런 게 있다는 사실도 잊으려고 하지만 그냥 갑자기 나타나곤 해요. 어떻게 멈추는 건지도 모르면서."

"애쓰지 마라. 네가 부르지도 않았는데 나타나는 거라면 필요해서이니까. 누군가가 네 도움을 필요로 하는 거야."

"개구리가요? 처음엔 개구리였어요!"

"개구리는 너한테 증명해 보인 거야. 처음엔 늘 그렇게 작은 것부터 시작하지. 나? 내가 처음으로 너머를 본 건 사과였단다."

대화의 심각성에도 불구하고 맷티가 키득거렸다. 개구리와 사과. 그리고 강아지라니!

"진정한 필요가 생길 때까지 기다려라, 맷티. 재능을 낭비하지 말고."

"하지만 그걸 어떻게 알죠?"

지도자는 미소를 지으며 다정하게 맷티의 어깨를 어루만졌다. 지도자가 말했다.

"저절로 알게 될 거야."

맷티는 폴짝이를 찾아보았다. 강아지는 또다시 구석에서 똬리를 틀고 자고 있었다.

"가야겠어요. 아직 짐도 못 쌌어요. 진한테 들러 작별 인사도 해야 하고. 안 그러면 내가 어디 갔는지 궁금해할 거예요."

지도자는 여전히 맷티의 어깨에 팔을 두르고 있었다.

"맷티, 잠깐만 기다려라. 내가……"

그리고 지도자는 다시 창밖을 내다보았다. 맷티는 뭘 기다려야 하는 건지 궁금해하며 그대로 서 있었다. 그때 뭔가 느껴졌다. 청년의 팔의 무게가 인간을 초월한 특성을 띠기 시작했다. 힘이 꿈틀거렸다. 맷티가 느낀 건 팔뿐이었으나, 그 힘은 지도자의 존재 전체로 확대되고 있었다. 지도자의 힘이 작동하고 있었다!

마침내 견디기 힘든 몇 분이 지나고 지도자가 맷티한테서 손을 떼었다. 지도자는 심호흡을 했다. 몸에 힘이 살짝 빠져 보였다. 맷티는 지도자를 부축해 의자에 앉혔다. 지도자는 기진맥진

하여 숨을 몰아쉬었다.

지도자가 간신히 입을 열었다.

"숲이 두터워지고 있어."

맷티는 그게 무슨 말인지 이해하지 못했다. 불길하기는 했지만, 창밖으로 숲을 에워싼 관목과 소나무들을 보아도 별 차이를 느낄 수 없었다.

"정확한 이유는 모르겠다만 점점 짙어지고 있는 건 분명해. 그러니까 마치……"

지도자가 머뭇거리다 말을 이었다.

"그래. 피가 응고되는 것 같다고 할까? 모든 게 병들어 축 늘어지고 있어."

맷티가 다시 창밖을 내다보았다.

"숲은 그대로예요, 지도자님. 하지만 태풍이 오는 것 같기는 해요. 바람 소리도 그렇고. 보세요, 하늘도 어두워지고 있잖아요. 아마 그걸 보셨을 거예요."

"아니다. 내가 본 건 숲이야. 분명해. 설명하기는 어렵다만, 맷티, 난 조금 전 보는 자의 따님을 느끼기 위해 숲 너머를 보려고 했단다. 그런데 도무지 숲을 꿰뚫을 수가 없었어. 그건…… 그래. 숲이 닫히고 있는 거야."

지도자가 세차게 고개를 저었다.

"아무래도 가지 않는 게 좋겠다, 맷티. 미안하다. 네가 여행을 원하고, 또 여행이 가능한 유일한 존재라는 사실에 자부심을 갖고 있다는 것도 알겠다만 아무래도 이번에는 숲이 위험해진 것 같아."

맷티의 심장이 덜컥 내려앉았다. 맷티는 이번 여행을 통해 진짜 이름을 얻고 싶었다. 메신저. 그런데 마음 한구석에서는 지도자의 말이 옳다고 말하고 있지 않은가!

하지만 맷티에겐 할 일이 있었다.

"지도자님, 전 가야 해요!"

"안 돼. 메시지는 마을 입구에 붙여 놓아도 돼. 새로운 사람들이 끔찍하게 긴 여행 끝에 발길을 돌려야 한다는 건 안타깝지만, 그래도……."

"아니, 메시지 때문이 아니에요! 아저씨 딸이요! 제가 가서 키라 누나를 데려오기로 약속했어요. 이번이 마지막 기회가 될 거예요. 안 그러면 아저씨와 키라 누나는 영원히 못 만나요!"

"그녀가 오고 싶어 한다더냐?"

"틀림없이 올 거예요. 언젠가 오겠다고 했고, 또 그곳엔 가족도 없는걸요. 이제 결혼할 나이도 되었지만 아무도 누나를 원하지 않을 거예요. 다리가 비틀려 지팡이를 들고 다니니까."

지도자가 심호흡을 했다. 그것도 몇 번이나.

"다시 한 번 숲 너머를 봐야겠다. 보는 자의 따님과 현재 상황을 보도록 해 보마. 아직은 너도 함께 있는 게 좋겠다. 어차피 이번 여행은 내가 뭘 알아내느냐에 달렸으니까. 하지만 한 번에 두 번 연속 시도하는 건 내게도 고통스러운 일임을 이해해야 한다. 마음 단단히 먹고 지켜보라는 얘기야."

지도자는 다시 일어나 창가로 다가갔다. 맷티는 아무 도움이 될 수 없음을 깨닫고, 구석으로 가 잠든 폴짝이 옆에 주저앉았다. 이윽고 지도자가 고통스럽게 몸을 비틀고, 가쁜 숨과 신음소리를 연거푸 뱉어 냈다.

청년은 푸른 눈을 부릅뜨고 있었으나 방 안이나 창문 너머의 일상적인 사물을 바라보는 건 아니었다. 그는 다른 곳에 있었다. 두 눈뿐만 아니라 존재 자체가 맷티를 포함한 그 누구도 따라갈 수 없는 곳으로 떠난 것이다.

지도자의 온몸이 꺼질 듯 깜빡거리는 것처럼 보였.

마침내 지도자가 의자에 털썩 주저앉았다.

맷티는 지도자에게 다가가 휴식이 끝날 때를 기다렸다. 강아지와 어미 개를 치유했을 때 자신이 어떤 상태였는지 맷티도 잘 알고 있었다. 그저 어떻게든 쓰러져 자고 싶은 마음뿐이었다.

한참 후 지도자가 간신히 입을 열었다.

"그녀가 있는 곳에 갔었다."

"지도자님이 거기 간 걸 누나도 아나요? 누나도 지도자님을 느낄 수 있었나요?"

지도자가 고개를 저었다.

"아니다. 그녀가 나를 느끼게 하려면 나보다 더 큰 에너지가 있어야 할 거야. 너무 먼 데다, 지금은 뚫고 지나가기에 숲이 너무 짙구나."

문득 맷티에게 어떤 생각이 떠올랐다.

"지도자님, 두 재능이 서로 만나는 게 가능한가요?"

지도자는 여전히 숨을 몰아쉬며 맷티를 빤히 바라보았다.

"그게 무슨 뜻이냐?"

"모르겠어요. 하지만 지도자님이 반쯤 가고 누나도 그렇게 할 수만 있다면요? 그럼 두 사람의 재능이 중간에서 만날 수도 있지 않을까 해서요. 중간 정도라면 두 사람이 만나는 게 그렇게 어렵지 않을 수도 있잖아요."

지도자는 이제 두 눈을 감은 채 힘없이 대답했다.

"모르겠다, 맷티."

맷티는 기다렸으나 지도자는 더 이상 아무 말이 없었다. 아무래도 잠든 모양이었다.

"폴짝아?"

맷티가 부르자 강아지가 깨어나 기지개를 켜고는 달려왔다. 맷티는 지도자의 귀에 가까이 대고 속삭였다.

"지도자님, 가야겠어요. 가서 누나를 데려올게요."

"조심해야 한다. 너무 위험해."

지도자가 중얼거렸다. 눈은 여전히 감은 채였다.

"그럴게요. 언제나 조심하고 있어요."

"재능을 낭비하면 안 돼. 절대 함부로 쓰지 마라."

"그럴게요."

맷티는 대답은 그렇게 했지만 사실 지도자의 말이 어떤 뜻인지도 몰랐다.

"맷티?"

"예?"

맷티는 이제 폴짝이를 안고 계단 위에 가 있었다. 강아지는 아직 혼자서 계단을 오르내리지 못했다.

"사랑스러운 여인이겠지, 응?"

맷티는 어깻짓을 했다. 지도자가 키라 누나를 얘기하는 건 알았지만 누나는 맷티보다 나이가 많았다. 적어도 큰누나 뻘은 될 것이다. 옛 고향에서는 아무도 키라 누나를 사랑스럽다고 생각하지 않았다. 그들은 키라 누나의 약점을 경멸했다.

맷티가 상기시켜 주었다.

"누나는 다리가 휘었어요. 지팡이가 있어야 걷는다니까요."

"아냐, 무척 사랑스러운 여인이었어."

하지만 지도자의 말은 거의 알아들을 수 없을 정도였다. 그리고 지도자는 잠에 빠져들었다. 맷티는 폴짝이를 안고 계단을 내려왔다.

맷티가 떠날 채비를 끝낸 건 오후 늦게나 되어서였다. 그 사이에 비도 많이 내렸다. 지금은 비가 멈추긴 했지만 바람은 여전했다. 나뭇잎들이 펄럭이며 창백한 아랫면을 드러냈다. 밤이 다가오고 폭풍이 몰려와 하늘도 캄캄했다.

맷티는 둘둘 만 담요 안에 메시지 꾸러미를 끼워 넣었다. 싱크대 옆에서는 맹인 아저씨가 맷티의 배낭에 식량을 챙겨 넣고 있었다. 여행에 필요한 식량을 충분히 가져갈 수는 없었다. 그러기엔 너무 긴 여행이었다. 다행히 맷티는 숲이 제공하는 먹거리에 익숙했다. 아저씨가 챙겨 준 식량이 떨어지면 가면서 먹을 걸

구할 수 있을 것이다.

"네가 떠나 있는 동안 키라가 쓸 방을 수리해 두마. 그 애한테 그렇게 말해라, 맷티. 아주 편한 방을 준비하고 있다고. 그리고 화단이 있다는 말도 전해 다오. 그 애한텐 아주 중요한 문제란다. 늘 화단을 가꾸며 살아왔으니까."

"굳이 그렇게 말할 필요도 없을 거예요. 누나도 때가 되면 올 거라고 말했잖아요. 지도자님도 지금이 바로 그때라고 했어요. 그러니까 누나도 알 거예요. 누나도 재능이 있다고 하셨잖아요."

맷티가 스웨터를 접으며 아저씨를 안심시켰다.

"자신이 아는 유일한 세상을 떠나는 게 쉬운 일은 아니란다."

"아저씬 떠나셨어요." 맷티가 상기시켰다.

"내겐 선택의 여지가 없었어. 두 눈을 빼앗긴 나를 숲 속에서 찾아 데려온 거니까."

"에, 저도 그랬어요. 다른 사람들도 마찬가지고."

"그래, 네 말이 맞다. 어쨌든 그 애한테 너무 어려운 선택이 아니기를 바랄 뿐이야."

맷티는 아저씨를 힐끗 건너다보았다.

"사탕무는 빼세요. 싫다고 했잖아요."

"몸에 좋은 거야."

"그 애들이 어울리는 곳은 땅속이에요. 아저씨가 배낭에 넣으면 어차피 그렇게 될 테지만요."

아저씨가 키득거리며 사탕무들을 싱크대로 빼놓았다.

"그래, 안 그래도 무거워서 빼려고 했다. 그래도 당근은 넣어야 해."

"사탕무만 아니면 상관없어요."

누군가 문을 똑똑 두드렸다. 진이었다. 비 때문에 습해서인지 진의 머리카락이 평소보다 더 곱슬거려 보였다.

"맷티, 정말 갈 거야? 이 날씨에?"

그녀의 걱정에 맷티는 웃음으로 답해 주었다.

"눈 덮인 숲을 지나간 적도 있는걸, 뭐. 이 정도는 아무것도 아냐. 곧 떠날 거야. 지금 먹을 걸 챙기는 중이거든."

"빵을 조금 싸 왔어."

진은 바구니에서 포장한 빵을 꺼냈다. 잎이 무성한 잔가지와 노란 국화꽃으로 장식되어 있었다.

맷티는 빵을 받고 고맙다고 인사했다. 사실 속으로 그 빵을 어떻게 가져갈지 고민했다. 결국 아저씨가 담요 안에 빵을 밀어 넣는 방법을 찾아냈다.

맷티가 말했다.

"마을을 벗어나는 길에 라몬한테 들를 생각이야. 서둘러야 해. 아니면 영영 출발도 못 하게 될 테니까."

"어머, 맷티, 모르고 있었어? 라몬이 많이 아프대. 걔 동생도. 현관문에 경고문까지 붙은걸? 아무도 들어갈 수 없어."

염려스러운 소식이기는 했지만 놀랄 이유는 없었다. 그동안 라몬은 심한 기침을 해 댔고 열꽃까지 핀 상태였다. 증세는 점점 나빠지기만 했었다.

"약초 재배자님은 뭐라셔?"

"그래서 경고문을 내붙인 거야. 약초 재배자님이 전염될지도 모른다고 하셨거든. 마을에 전염병이 돌 수도 있대."

'마을에 도대체 무슨 일이 일어나고 있는 거지?'

맷티는 너무 불안했다. 전염병이라고는 한 번도 없었던 마을이다. 그런 건 맷티가 떠나온 곳에서나 생기는 문제였다. 이따금 사람들이 무수히 죽어 나가고 세간도 불태워졌다. 병균과 벼룩, 심지어 그들에게 붙은 저주까지 모두 태워 버리기 위해서라고 했다. 하지만 이곳에선 한 번도 그런 일이 없었다. 사람들이 늘 조심했고 청결을 중시했기 때문이다.

그 소식을 듣고 맹인 아저씨의 얼굴에 우려하는 빛이 어렸다. 아저씨가 등에 짊어진 배낭을 매만지고 그 밑에 둘둘 만 담요를 달아 주는 동안, 맷티는 가만히 서서 이런저런 생각을 했다. 맷티는 먼저 개구리와 강아지를 생각했다. 재능으로 친구를 구할 수도 있을까? 지금 라몬의 집으로 달려가 부글부글 끓는 친구의 몸에 두 손을 댈 수도 있다. 끔찍하게 힘든 일이고 또 온 힘을 탕진하게 되겠지만 적어도 가능성은 있다.

하지만 그다음엔? 힘든 과정을 견뎌 낸다 해도 체력이 바닥나기 때문에 한참 쉬어야 할 것이다. 라몬을 구하느라 힘을 미리 탕진해 버리면 숲을 건너는 건 불가능해진다. 어떤 의미인지는 모르지만 숲이 이미 짙어지고 있다고 했다. 그게 사실이라면 통과 자체가 어려워지고 아저씨 딸도 영원히 그 안에 갇힐 수 있다.

게다가 더 중요한 사실은, 지도자도 맷티한테 재능을 아껴 두라고 얘기했다. 재능을 낭비하면 안 돼. 지도자는 그렇게 말했다.

결국 맷티는 안타깝지만 라몬을 그냥 두기로 마음을 정했다.

진이 갑자기 외쳤다.

"이것 좀 봐! 여기, 그림이 변했어!"

맷티는 힐끗 둘러보았다. 진은 키라 누나가 아저씨한테 만들어 준 태피스트리 앞에 서 있었다. 맷티는 지금 서 있는 곳에서도 진이 무슨 말을 하는지 알 수 있었다. 초록색으로 한 땀 한 땀 수놓은 숲 전체가 어두워져 있었다. 게다가 실들이 기이한 모습으로 엉키고 비틀려 있기까지 했다. 행복했던 장면도 달라졌다. 아름다움과는 거리가 멀 뿐 아니라 불길한 기운까지 느껴졌다. 도저히 뚫고 나갈 수 없을 듯한 불안감.

맷티도 가까이 다가가 바라보았다. 당혹스럽고 무서웠다.

"무슨 일이지, 맷티?" 진이 물었다.

"아무것도 아냐. 괜찮아."

맷티는 진에게 조용히 하라고 눈짓했다. 아저씨한테까지 이상한 변화를 알리고 싶지는 않았다.

이제 가야 할 시간이었다.

맷티는 어깨를 흔들어 배낭을 제대로 등에 메고 상체를 기울여 맹인 아저씨를 끌어안았다.

"조심해라." 아저씨가 소곤거렸다.

놀랍게도 진이 맷티에게 키스를 해 주었다. 언젠가 키스해 주겠다고 놀리기만 하더니 정말로 해 준 것이다. 향기로운 입술을 가볍게 댔을 뿐이지만 맷티는 용기를 낼 수 있었다. 그리고 아직 떠나지도 않았건만 벌써부터 고향으로 돌아오고 싶다는 생각까지 들었다.

12 ⋯

 폴짝이는 어둠을 무서워했다. 전에는 한 번도 눈치채지 못했던 일이다. 늘 실내에 있는 데다 밤엔 기름 램프까지 밝게 켜 두었기 때문이다. 어둠이 떨어지고 숲이 까맣게 변했을 때 강아지가 무서워하며 낑낑거리자 맷티는 살짝 웃었다. 그리고 폴짝이를 안아 괜찮다고 다독여 주었다. 강아지는 맷티 품 안에서 온몸을 바들바들 떨었다.
 '이런, 어쨌든 잘 시간이군.'
 개구리가 있었던 빈터 근처였다. 맷티는 폴짝이를 가슴에 안고 조심조심 부드러운 이끼를 가로질러갔다. 이윽고 맷티는 커다란 나무의 옹이진 뿌리 맡에 무릎을 꿇고 짐을 내려놓았다. 그리고 담요를 펼친 후 폴짝이와 함께 빵 몇 조각을 나눠 먹었고,

잠시 후 강아지를 안고 웅크린 채 꿈나라로 빠져들었다.

꾸르륵.

꾸르륵.

폴짝이가 고개를 들었다. 강아지는 코를 킁킁대고 개구리 소리에 두 귀를 쫑긋했다. 하지만 이내 맷티의 팔꿈치에 코를 처박고 역시 잠에 빠졌다.

여행의 날들이 흘러갔다. 나흘째 밤이 지나자 식량도 떨어졌다. 맷티는 아직 힘도 넘쳤고 무섭지도 않았다. 다행히 폴짝이를 안고 다닐 필요는 없었다. 강아지는 잘 따라다녔고 메시지를 부착할 때 가만히 앉아 기다려 주기도 했다. 그렇게 하느라 여행은 생각보다 길어졌다. 맷티가 키라의 마을이자 자신의 옛 고향으로 곧바로 향했다면 지금쯤 거의 도착했을 것이다. 하지만 맷티는 소식을 전하는 일이야말로 가장 중요한 임무라는 사실을 잊지 않고 샛길로 빠지고 먼 거리를 돌아다니며 숲으로 들어오는 사람들이 발걸음을 돌릴 수 있도록 중요한 고비마다 마을의 폐쇄 소식을 붙여 놓았다.

맷티가 알기로 상처 자국이 있는 아줌마와 그 무리는 동쪽에서 들어왔다. 그들의 생김새 또한 전형적인 동부 사람들이었다.

동쪽으로 이어진 숲길에 그들이 지나오면서 남긴 흔적이 아직 남아 있었다. 잠을 청했던 곳은 짓눌린 덤불이 여전했고, 불을 피웠던 곳도 다 타 버린 땔감들이 수북했다. 분홍색 리본도 하나 떨어져 있었는데 아마도 아이의 머리에서 빠진 모양이었다. 맷티는 리본을 집어 배낭에 넣었다.

아줌마가 블라디크를 남겨두고 다른 아이들한테 돌아갔는지 궁금했지만 아직 흔적은 보지 못했다.

날씨는 고맙게도 여행 내내 화창했다. 옛날에 눈을 뚫고 여행했다고 큰소리치기는 했지만 솔직히 날씨와 싸우는 건 고통스러울뿐더러 먹거리를 찾기도 어려웠다. 지금은 늦은 딸기와 밤들이 많았다. 다람쥐들이 식량을 저장하며 조잘대고 있었다. 미안하기는 했지만 맷티는 다람쥐의 창고에 반쯤 채워진 겨울 식량을 조금 털었다.

맷티는 낚시 포인트와 물고기를 낚는 방법도 알았다. 맷티가 작은 모닥불에 물고기를 굽자마자 폴짝이가 코를 돌려 버렸다.

"그럼 어디 쫄쫄 굶어 봐라."

맷티는 웃으면서 노릇노릇 윤기가 도는 물고기를 혼자 먹어 치웠다. 그때 폴짝이가 두 귀를 쫑긋하더니 앞으로 달려 나갔다. 잠시 후 꽥꽥거리는 비명 소리가 들리고, 날개를 푸드덕거리는 소리, 나뭇잎 소리, 그리고 으르렁거리는 소리들이 한꺼번에 들려왔다. 한참 후 폴짝이는 의기양양한 표정으로 돌아왔다. 입가에는 새털 몇 개가 붙어 있었다.

"그래서? 난 생선구이를 먹고 넌 날고기를 먹은 거잖아."

폴짝이가 사람이라도 되는 듯 말을 거는 건 기분 좋은 일이었다. 옛날에 키우던 개가 죽은 뒤로 맷티는 늘 혼자 숲 속 길을 다녔다. 동반자가 있다는 건 커다란 축복이었다. 게다가 가끔은 폴짝이가 자기 말을 알아듣는 것도 같았다.

미묘한 차이였지만 맷티는 숲이 짙어지고 있다는 지도자의 말도 이해할 수 있었다. 맷티도 숲에 익숙한 터라 계절 변화에 따른 숲의 변화 정도는 예측할 수 있었다. 일반적으로 지금처럼 여름의 끝자락이면 잎사귀들이 떨어지기 시작한다. 그리고 나중에 눈이 내릴 때면 나무들 대부분이 헐벗은 모습으로 겨울을 준비한다. 한겨울에 물을 구하려면 얼지 않는 빠른 물살을 찾아내야 한다. 물살이 느린 개울들은 모두 얼음으로 뒤덮이기 때문이다. 봄이면 귀찮은 벌레들이 얼굴을 간질이기도 하지만 대신에 신선하고 달콤한 딸기들이 반겨 준다.

언제든 늘 익숙한 모습이었다.

하지만 이번 여행은 뭔가 달랐다. 맷티는 처음으로 숲의 적대

감을 느꼈다. 물고기는 미끼를 물지 않으려 했고, 늘 상냥했던 얼룩다람쥐는 맷티가 다가가 손을 잡자 신경질적으로 손가락을 물기까지 했다. 맷티가 즐겨 먹던 붉은 딸기는 검은 점이 박혀 있는 데다 맛까지 씁쓸했다. 게다가 덩굴옻나무가 자꾸자꾸 오솔길을 덮었는데, 그곳에선 한 번도 본 적이 없는 종류였다.

더 어둡기도 했다. 나무들은 서로 머리를 조아려 길 위에 지붕을 만들어 놓았다. 덕분에 비를 피할 수도 있을 테니 좋은 점일 수도 있으나 나무들이 그렇게 호의적으로 보이지는 않았다. 나무들은 한낮에도 어둠과 그림자를 만들어 길을 왜곡시켰으며 그 바람에 맷티는 이따금 뿌리와 바위에 걸려 비틀거려야 했다.

냄새도 났다. 숲의 악취는 마치 저 짙고 짙은 어둠 속에 썩어 가는 시체를 품고 있기라도 한 것 같았다.

맷티는 이전 여행으로 알게 된 빈터에서 캠핑을 하기로 했다. 맷티는 전에도 이용했던 통나무에 앉아 요리를 시작했다. 그런데 갑자기 통나무가 가루처럼 부서지는 바람에 자리에서 일어나 썩은 나무껍질과 악취 나는 오물들을 털어내야 했다. 그렇게나 오랫동안 단단하고 유용했던 통나무였건만 너무나 간단하게 썩은 나무 쪼가리로 퇴화하고 만 것이다. 마치 맷티에게 휴식처가 되기를 거부한 것만 같았다. 맷티가 발로 걷어차자 수많은 딱

정벌레들이 새로운 집을 찾아 뿔뿔이 흩어져 나갔다.

잠을 이루기도 힘들어지기 시작했다. 악몽에 시달렸으며 갑자기 머리가 아프거나 목이 따끔거렸다.

그나마 목적지까지는 얼마 남지 않았다. 맷티는 터벅터벅 앞으로 나아갔다. 숲에 대한 불안감을 떨치기 위해서라도 어린 시절을 돌이켜보았다. 아주 어릴 적 자신을 개차반이라고 불렀던 때가 있었다. 보는 자의 딸 키라라는 소녀와 알게 된 건 바로 그 시절이었다.

13

 오만하고 경솔하기 짝이 없는 개차반! 맷티는 그런 아이였다. 원하지도 않았고 사랑하지도 않는 자식들을 위해 생계를 꾸리는 가난하고 무지막지한 엄마 밑에서 맷티는 자연스럽게 작은 범죄와 타락의 세계로 빠져들었다. 얼굴에 땟국이 흐르는 오합지졸 소년 일당들과 몰려 다녔는데, 그 아이들도 물론 생존을 위해서라면 어떤 일이든 서슴지 않았다. 혹독한 환경이 맷티를 도둑질과 사기를 치도록 내몬 것이다. 그곳에서 계속 자랐다면 아마 감옥에 갇히거나 더한 불행을 당했을 것이다.
 그래도 맷티에게는 늘 선한 면이 있었다. 아무리 감추려고 해도 그건 어쩔 수 없었다. 맷티가 자신의 개를 사랑한 것도 그랬다. 맷티는 상처 입은 잡종개를 발견하고는 다시 건강해지도록 정성껏 보살폈다. 더욱이 맷티는 키라라는 절름발이 소녀를 사랑하기도 했다. 아버지가 누군지도 모르는데 갑자기 엄마까지 세상을 떠나 고아가 되고 만 소녀.

"마스코트. 내 친구."

키라는 맷티를 그런 식으로 불렀다. 키라는 맷티를 씻기고 예의를 가르쳤으며 이야기를 들려주었다.

"나는 세상 최고의 개차반이 될 거야."

언젠가 맷티가 키라에게 이렇게 자랑한 적이 있었다.

"넌 세상에서 최고로 더러운 얼굴이야."

키라가 웃으면서 이렇게 대답하고는 생전처음 맷티에게 목욕이라는 것을 시켰다. 맷티는 반항하고 저항했으나 사실은 따뜻한 물의 감촉이 싫지만은 않았다. 키라가 전에 선물로 준 비누도 있었지만 제대로 사용해 본 적은 없었다. 그래도 수년 동안 쌓인 때가 벗겨지면서 맷티도 자신이 더 깨끗하고 잘생긴 모습이 될 수 있다는 사실을 처음으로 깨달았다.

맷티는 쏘다니는 것을 좋아해서 숲의 복잡한 길에 익숙했다. 어느 날 처음으로 마을로 가는 길을 찾아냈고 그곳에서 맹인 아저씨를 만났다.

"그 애가 살아 있다고? 내 딸이 죽지 않았다는 말이냐?"

맹인 아저씨가 고향으로 돌아가는 건 너무 위험했다. 몇 년 전 아저씨를 반 시체로 만들어 내다버린 사람들은, 자신들이 성공했다고 생각하고 있었다. 그래서 아저씨가 돌아가면 당연히 다시 죽이려 할 것이다. 하지만 절도의 대가인 맷티는 밤의 어둠을 틈타 아저씨를 몰래 데려와 딸을 만나게 해 주었다. 키라는 아저씨가 부적처럼 목에 걸고 있는 깨진 돌을 알아보고, 엄마가 죽기 바로 전에 건네준 자신의 돌조각과 맞춰 보았다. 맷티는 구석자리에 물러나 앉아, 아저씨가 얼굴을 만지며 딸을 알아 가는 모습을 지켜보았고, 함께 키라의 엄마를 애도하는 모습도 지켜보았다. 두 사람의 마음이 상실감으로 하나가 되었다.

그리고 다음 날 밤에 어둠이 왔을 때 아저씨를 데리고 돌아갔다. 키라는 떠나지 않으려 했다. 그때는.

함께 마을로 가자고 사정했을 때 키라가 말했다.

"언젠가. 언젠가는 가겠지만 아직은 아니에요. 먼저 이곳에서 해야 할 일이 있거든요."

마을로 돌아가는 길에 아저씨가 맷티한테 말했다.

"마을에 젊은이가 하나 있는데 키라와 어울리는 나이야."

맷티는 비웃으며 대꾸했다.

"에이, 키라 누나는 꿈 깨요. 여기도 끝내주는 일들이 많걸

랑요."

맷티는 키라의 비틀린 다리 얘기도 했다.

"어쨌든 누난 다리 병신이잖아요. 어떤 미친 새끼가 결혼하려 들어요? 짐승들한테 던져지지 않은 것만 해도 땡 잡은 건데. 저 인간들도 그러고 싶겠지만 누나가 아직 쓸모 있으니까 집적대지 않는 거라고요."

"무슨 일?"

"꽃을 키우죠. 게다가……."

"그 애 엄마도 꽃을 재배했단다."

"예, 엄마한테 배웠대요. 꽃으로 물감도 만들어요."

"염색 말이냐?"

"에, 실도 물들이고 그걸로 그림도 그려요. 우린 꿈도 못 꾸죠. 사람들이 그러는데 누나 손이 마술 손이래요. 그래서 안 건드리는 거라고."

"마을에서도 존경받을 수 있을 게다. 재능뿐 아니라 불구의 다리까지."

"이쪽 길이에요. 저기 뿌리들 조심하고."

맷티는 아저씨 손을 잡고 오른쪽 길로 인도했다. 그런데 그때 뿌리 하나가 고개를 들더니 아저씨의 샌들 바닥을 살짝 찔렀다.

그래서 그때의 귀향길은 더 신경이 쓰였다. 숲을 잘 아는 맷티는, 숲이 맹인 아저씨한테 가벼운 경고를 한 거라는 생각이 들었다. 이제 아저씨는 다시는 숲을 지날 수 없을 것이다.

맷티는 키라의 아버지를 안심시켰다.

"때 되면 누나도 올 거예요. 그때까진 잘난 내가 왔다 갔다 하죠, 뭐."

하지만 맷티가 키라를 마지막으로 보고 온 지도 벌써 이 년이나 되었다.

숲에서 나오자마자 맷티는 갑작스러운 햇살에 눈을 가리고 비틀거려야 했다. 벌써 여러 날을 어두운 숲 속에서 지낸 터라 빛을 거의 잊고 있었던 것이다.

맷티는 오솔길에 주저앉아 숨을 몰아쉬었다. 가벼운 현기증이 일었다. 폴짝이도 걱정스러운 듯 맷티의 발밑을 긁어 댔다. 전에는 언제나 슬슬 산책하듯 숲을 빠져나왔다. 어떨 땐 휘파람까지 불었건만 이번에는 뭔가 달랐다. 추방되는 느낌이랄까? 숲은 맷티를 씹다가 뱉어 냈다. 왔던 길을 돌아보아도, 숲은 적대적이고 악의적이고 꽁꽁 문을 걸어 잠근 듯 보였다.

조만간 다시 숲으로 들어가 저 어둡고 불길해 보이는 산길을 따라 마을로 돌아가야 한다. 키라를 그녀의 아버지와 안전한 미래가 있는 마을까지 인도해야 한다. 그리고 문득 맷티는 그 여행이 자신의 마지막 숲 여행이 될 거라는 생각을 했다.

시간이 많지 않았다. 이곳에서 어슬렁거리며 어린 시절의 친구들과 과거의 못된 업적들을 회상하거나, 지금의 위치를 뻐길 여유 따위는 없었다. 전에는 올 때마다 그런 식의 느긋함을 즐겼지만 이번에는 이방인이 된 동생한테조차 인사할 틈이 없으리라.

마을은 공표 삼 주 후에 폐쇄된다고 했다. 맷티는 지금껏 조심스럽게 날짜를 계산해 왔다. 여행으로 소비한 날들을 계산하고, 메시지를 게시하기 위해 우회하느라 더 썼던 시간들을 더했다. 이제는 필요한 휴식을 취하고, 귀향 여행에 필요한 식량을 모으고, 키라를 설득할 시간 정도밖에 남지 않았다. 쉬지 않고 걷고, 숲이 방해만 하지 않는다면(물론 지팡이에 의지해야 하는 키라 때문에라도 속도는 더딜 수밖에 없을 것이다.) 늦지 않게 도착할 수 있으리라.

맷티는 눈을 깜빡이고 깊은 숨을 들이마신 다음, 몸을 일으켜 세웠다. 이제 목표는 다음 모퉁이 너머의 작은 오두막집이다. 키라가 살고 있는 집.

화단들은 맷티의 기억보다 더 넓었다. 이 년 전 마지막으로 다녀간 뒤에 확장한 모양이었다. 노란색과 진분홍색 꽃 넝쿨이 작은 오두막의 초가지붕과 손으로 깎아 만든 서까래들을 두텁게 덮고 있었다. 맷티는 보통 사내애들처럼 꽃 이름에 무감했는데, 지금은 그 이름을 알면 좋겠다는 생각이 들었다. 그러면 진에게 자랑할 수 있을 테니까.

폴짝이는 보라색 꽃 넝쿨이 휘감겨진 나무 말뚝으로 달려가 한 다리를 들고 자신의 영역과 힘을 선언하고 나섰다.

오두막 문이 열리고 키라의 모습이 보였다. 키라는 파란색 드레스 차림에 검고 긴 머리를 같은 색 리본으로 묶었다.

"맷티!"

키라가 놀라 소리쳤다. 맷티는 그저 씩 웃어 보였다.

"너, 새 애완견이 생겼구나! 그랬으면 좋겠다는 생각은 했지. 막대기가 죽은 후로 너무 슬퍼했잖니."

"이름은 폴짝이야. 근데 녀석이 이 꽃에다가 실례를······."

"클레머티스야. 괜찮아."

키라는 활짝 웃으며 두 팔로 맷티를 꼭 안아 주었다. 맷티는 포옹을 싫어해서 평소 같으면 가볍게 어깨를 흔들고 빠져나왔겠지만, 지금은 위로와 휴식이 필요했다. 맷티도 키라를 끌어안았다. 자신도 모르게 두 눈에 눈물이 맺히려 했다. 맷티는 얼른 눈을 깜빡여 눈물을 안으로 밀어 넣었다.

"그래, 어디 한 걸음 떨어져서 우리 맷티 좀 볼까? 설마 나보다도 키가 큰 건 아니겠지?"

맷티는 씩 웃으며 물러나 키라의 눈을 마주 보았다.

"곧 그렇게 되겠어. 목소리는 거의 어른이네."

"이제 셰익스피어도 읽을 줄 알아." 맷티가 자랑스럽게 말했다.

"하! 그까짓 거 나도 한다!" 키라가 외쳤다.

그제야 맷티는 이 마을이 얼마나 달라졌는지 실감했다. 옛날에는 여자가 배우는 것은 허락되지 않았었다.

"오, 맷티, 네가 천방지축이었을 때가 생각나는구나."

"세계 최고의 개차반!"

맷티가 상기시키자 키라가 따뜻한 미소를 지어 보였다.

"무척 피곤해 보여. 배도 고프지? 그렇게 먼 여행을 했으니 오죽할까. 들어와. 마침 수프를 만들고 있었으니까. 아빠 소식도 들려줘야지."

맷티는 키라를 따라 낯익은 오두막 안으로 들어갔다. 키라는 벽에 기대 놓은 지팡이를 집어 오른쪽 겨드랑이에 끼운 다음, 망가진 다리를 끌고 선반에서 뚝배기를 꺼내 커다란 단지가 끓고 있는 난로로 갔다. 허브와 채소 냄새가 코끝을 자극했다.

맷티는 주변을 둘러보았다. 키라가 이 집을 떠나지 않겠다고 해도 당연하다는 생각이 들 정도였다. 단단한 서까래에는 말린 허브와 이름 모를 식물들이 수도 없이 매달려 있었다. 염료 재료들이 분명했다. 벽에 붙은 선반들에는 털실과 일반실 타래들이 색깔별로 정리되어 있었다. 한쪽 끝에는 흰색과 미색 실타래가 있고, 옆으로 갈수록 색이 점점 짙어져 청색과 보라색을 거쳐 마침내 다른 쪽 끝에서는 갈색과 회색 실타래가 나왔다. 두 창문 사이에 놓인 베틀에도 반쯤 완성된 그림 옷감이 걸려 있었다. 복잡한 산들을 형상화한 그림인데 지금은 분홍색이 섞인 깃털구름 몇 조각을 짜 넣고 하늘을 펼쳐내는 중이었다.

키라는 김이 무럭무럭 나는 수프를 식탁에 내려놓고 다시 싱크대로 돌아가 폴짝이한테 줄 물을 펌프질했다.

"자. 아빠 얘기 좀 해 봐. 잘 계시지?" 키라가 물었다.

"잘 계셔. 안부 전하라고 하셨어."

키라는 지팡이를 싱크대에 기대 놓고, 어렵사리 무릎을 꿇어 사발을 바닥에 내려놓은 다음 폴짝이를 불렀다. 강아지는 구석에 있는 빗자루와 열심히 전쟁 중이었다.

강아지가 물 그릇을 향해 달려드는 것을 보고 나서야 키라는 다시 일어났다. 그녀는 빵을 두껍게 자르고는 다시 지팡이를 겨드랑이에 끼우고 식탁으로 돌아왔다. 맷티는 키라가 걷는 모습을 지켜보았다. 오른쪽 발이 안쪽으로 휘어 들어가 다리 전체를 끌고 다녔는데, 다른 발과 달리 자라지 않은 탓에 아무 쓸모없이 되고 만 것이다.

맷티는 고맙다고 인사하고 빵 한 끝을 수프에 담갔다.

"맷티, 저 애도 얌전한 강아지는 아닌가 봐."

키라가 강아지에 대해 하는 말을 맷티는 반쯤 흘려들었다. 맷티의 생각은 지금 폴짝이가 어미 개와 함께 사경을 헤맸던 때를 더듬고 있었다.

맷티는 다시 키라의 비틀린 다리를 내려다보았다. 만일 저 다리가 곧게 펴진다면, 저 발로 단단히 땅을 디딜 수만 있다면 얼마나 편하게 걸을 수 있을까? 얼마나 빠르고 여유롭게 여행을 마칠 수 있을까?

맷티는 강아지와 어미 개를 구했던 오후를 떠올렸다. 오늘도 기나긴 숲을 빠져나오느라 거의 탈진 상태지만, 그날은 거의 죽는 줄 알았다.

회복 시간이 얼마나 걸렸더라? 잠을 잤다. 그건 알고 있다. 오후 내내 잠을 잤는데 아저씨가 마침 집에 없어 다행이라는 생각을 했었다. 잠을 깬 건 저녁 식사 전이었다. 그때도 여전히 기운은 없었지만 감출 수 있을 정도였다. 맷티는 아무 일도 없었다는 듯 식사를 하고 얘기를 했다.

그러니까 실제로 회복에 걸린 시간은 몇 시간 정도에 불과했다. 그래도 그건 겨우 강아지가 아닌가? 아니, 강아지와 어미 개였다. 개 두 마리. 늦은 아침 시간에 개 두 마리를 살리고(치유하고? 구하고?) 해가 저물 때쯤 회복되었다.

"맷티? 너 내 말을 하나도 안 들었구나! 눈 뜨고 자는 거야?"

키라의 웃음은 따뜻하고 자애로웠다.

"미안."

맷티는 남은 빵을 입에 넣고 정말로 미안하다는 표정으로 키라를 바라보았다.

"둘 다 피곤할 거야. 저 애를 봐."

폴짝이는 벌써 깊이 잠들어 있었다. 강아지는 문 가까이에 염색하려고 쌓아 둔 털실 뭉치에 웅크리고 있었는데 부드러운 실뭉치가 엄마 품이라도 되는 것처럼 보였다.

"난 아직 화단에 할 일이 남았어, 맷티. 기생초가 기댈 막대기를 세워야 하는데 아직 시작도 못 했거든. 나가서 일할 테니까 넌 누워서 쉬도록 해. 애기는 나중에 해도 돼. 그다음엔 마을에 가서 친구들을 찾아보는 거야. 오랜만이잖아."

맷티는 고개를 끄덕이고 소파로 향했다. 그 위엔 키라가 던져 놓은 털 담요가 펼쳐져 있었다. 그 와중에도 맷티는 머릿속으로 남은 날짜를 계산하고 있었다. 친구들을 만날 시간이 없다는 얘기는 나중에 해도 될 것이다.

맷티는 자꾸만 내려앉는 눈으로 키라를 바라보았다. 키라는 그릇을 싱크대에 가져가 놓은 다음, 지팡이에 기대 선반에서 막대기 뭉치와 실타래 하나를 꺼냈다. 화단 손질에 필요한 물건을 챙긴 뒤 키라는 돌아서서 문밖으로 나갔다. 비틀린 다리가 낯익은 모습으로 끌려갔다. 맷티는 키라에 대해서는 모든 것을 알고 있었다. 미소, 목소리, 낙천적인 성격, 두 손의 놀라운 힘과 기술, 그리고 짐이 되는 망가진 다리.

'나중에 말해 주자. 내가 고쳐 주겠다고.'

맷티는 잠들기 바로 전에 그런 생각을 했다.

14

 놀랍게도 키라는 싫다고 했다. 떠나지 않겠다는 말이 아니었다. 아직 그 얘기는 꺼내지도 못했으니까. 키라가 거부한 건 다름 아닌 곧게 뻗은 정상적인 다리였다.
 키라가 말했다.
 "이게 나야, 맷티. 지금까지 변함없는 내 모습이잖아."
 키라는 따뜻한 눈길로 맷티를 바라보았다. 하지만 목소리만큼은 단호했다. 저녁 시간이었다. 난로의 장작이 화르륵 소리를 내며 타고 있었다. 키라는 기름 램프를 켰다. 맷티는 아저씨도 악기를 연주하며 여기 함께 있으면 좋겠다는 생각을 했다. 부드럽고 복잡한 화음은 늘 두 사람의 저녁 시간을 평화롭게 만들어 주었다. 맷티는 키라에게도 그 음악이 가져다주는 위안을 느끼게 해 주고 싶었다.

함께 돌아가자는 말은 꺼내지도 못했다. 저녁 식사를 하는 동안 키라는 옛 고향의 변화에 대해 잔뜩 늘어놓았다. 주로 좋아졌다는 얘기였지만 맷티는 거의 듣는 둥 마는 둥했다. 머릿속으로 온통 언제 어떻게 그 얘기를 꺼낼지 가늠하고 있었다. 시간이 너무 없었다. 따라서 결정적이고 확실한 방식으로 설득해야 했다.

그때 키라가 자신의 결함에 대해 가벼운 불평을 늘어놓았다. 얼마 전에 친구이자 목공예 장인인 토마스에게 결혼 선물로 주려고 작은 태피스트리를 만들었다는 얘기를 하던 중이었다.

"다 끝내고 둘둘 말아 꽃으로 장식까지 해 놓았어. 그리고 결혼식 날에 그걸 들고 출발했지. 비가 내린 후라 길이 젖어 있었는데 그만 미끄러지는 바람에 태피스트리를 진창에 처박고 만 거야!"

키라는 키득거리며 말을 이었다.

"다행히 아직 이른 시간이라 돌아와서 세탁을 할 수는 있었지. 그건 아무도 몰라. 이놈의 다리와 지팡이는 비가 내린 후엔 아무 쓸모가 없어. 내 지팡이는 진흙탕을 짚는 법은 배우지 못했거든."

키라는 난로에서 주전자를 들어 두 사람 잔에 차를 따랐다.

맷티는 자신도 모르게 불쑥 말을 꺼냈다.

"내가 고칠 수 있어."

방 안이 갑자기 조용해졌다. 장작이 타며 탁탁거리는 소리까지 들릴 정도였다. 키라가 맷티를 물끄러미 바라보았다.

맷티가 한참 후 다시 입을 열었다.

"할 수 있어. 나한테 재능이 있어. 아저씨가 누나한테도 있다고 했으니까 무슨 말인지 알 거야."

키라도 인정했다.

"그래. 늘 재능이 있었지. 하지만 그걸로 비틀어진 물건을 바로 잡지는 못해."

"알아. 아저씨도 누나 재능은 다르다고 했어."

키라는 머그잔을 감싸고 있는 자기 두 손을 내려다보았다. 그러더니 손가락을 펼쳐 식탁에 내려놓고 가볍게 뒤집었다. 가냘픈 손바닥과 튼튼한 손가락들. 정원 일은 물론이고, 베틀과 바느질로 복잡하고 아름다운 태피스트리를 짜내느라 손가락 끝마다 단단한 못이 박혀 있었다.

"내 재능은 이 손에 있어. 뭔가를 만들 때 일어나지. 내 손은……"

물론 남의 말을 끊어서는 안 되지만 시간이 너무 없었다. 그래서 맷티는 말을 자르고 사과했다.

"누나, 나도 누나 재능에 대해 뭐든지 알고 싶어. 하지만 나중에. 지금 당장은 중요한 일을 결정하고 또 시작해야 해. 먼저 누나한테 보여 줄 게 있어. 잘 봐. 내 재능도 손에 들어 있어."

계획에 없던 일이지만 필요한 일로 보였다. 식탁 위에 칼이 놓여 있었다. 키라가 저녁으로 먹을 빵을 잘랐던 칼이다. 맷티는 칼을 집고, 상체를 기울여 왼쪽 바지를 걷어 올렸다. 키라는 영문을 모른 채 지켜보았다. 맷티는 눈 하나 깜짝 않고 재빨리 자기 무릎을 찔렀다. 검붉은 피가 반짝이더니 다리 아래쪽으로 비틀거리며 흘러내리기 시작했다.

"어머나! 너 도대체……!"

키라가 질겁하며 손으로 입을 막았다.

맷티는 숨을 깊이 들이쉰 다음 두 눈을 감고 두 손을 상처 입은 무릎에 올려놓았다. 느낌이 왔다. 혈관이 뛰기 시작하더니 마침내 온몸이 에너지파로 들끓었다. 이윽고 힘이 두 손을 떠나 상처로 들어가는 것을 느낄 수 있었다. 그건 불과 몇 초 안에 끝이 났다.

맷티가 눈을 깜빡이며 손을 거두었다. 두 손에 살짝 피 얼룩이 묻었으나 무릎의 핏자국은 벌써 굳기 시작했다.

"맷티! 도대체 넌……?"

맷티가 손짓을 하자 키라는 고개를 숙여 맷티의 무릎을 살폈다. 잠시 후 키라는 식탁에서 자수 냅킨을 집어 차에다 살짝 담근 다음 맷티의 무릎을 닦아 냈다. 핏자국이 사라졌다. 무릎엔 어떤 흉터도 남아 있지 않았다. 키라는 한참을 노려보다가 입술을 깨물고 맷티의 바짓단을 무릎 아래로 내려 주었다. 키라가 한 말은 단 한마디뿐이었다.

"그렇구나."

맷티는 피로감을 가볍게 떨쳐 냈다.

"이번엔 작은 상처에 불과해. 누나한테 내 재능을 보여 주기 위해서라 별로 힘들지도 않았지. 하지만 더 큰 생물을 실험해 본 적도 있어, 누나. 훨씬 더 큰 상처 말이야."

"사람?"

"아직은 아냐. 하지만 할 수 있어. 느낄 수 있어, 누나. 재능이 어떤지는 누나도 알잖아."

키라는 고개를 끄덕였다.

"그래, 네 말이 맞아."

키라는 힐끔 식탁에 놓인 자기 손을 보았다. 여전히 젖은 천을 쥐고 있었다.

"누나, 누나 다리는 상당한 에너지가 필요할 거야. 그래서 그 후에 나도 잠을 자야 해. 어쩌면 하루 종일. 어쩌면 더 오래일 수도 있고. 그런데 시간이 없어."

키라가 이상하다는 듯 맷티를 바라보았다.

"무슨 시간?"

"설명할게. 하지만 나중에. 지금은 먼저 시작해야 해. 지금 바로 하면 난 밤새도록, 어쩌면 아침까지 잘지도 몰라. 그동안 누나는 자기 몸에 익숙해지는 연습을 해 두는 게……."

키라가 따지듯 대답했다.

"난 내 몸에 익숙해."

"튼튼한 두 다리를 가졌을 때 얘기야. 느낌도 이상하고, 빠르게 돌아다니는 기분도 이상할 거야. 아무튼 적응하는 데 시간이 필요하겠지."

키라는 맷티를 쳐다보고, 다시 자신의 비틀린 다리를 내려다보았다.

"누나, 어서 소파에 가서 누워. 나도 의자를 가져가서 옆에 앉을게."

맷티는 준비라도 하듯 두 손을 맞잡고 주물렀다. 심호흡을 몇 번 하자 없는 힘도 생기는 것 같았다. 아니 힘이 완전히 채워진 느낌이었다. 무릎 상처는 그야말로 사소한 장난에 불과했다.

맷티는 자리에서 일어나 나무 의자를 들고, 그날 오후에 낮잠을 잤던 소파 옆으로 갔다. 그리고 키라가 편안하게 누울 수 있도록 쿠션도 정리했다. 등 뒤에서 키라가 의자에서 일어나는 소리가 들렸다. 키라는 식탁에 기대 놓았던 지팡이를 짚고 방을 가로질러 갔다. 하지만 맷티가 돌아보았을 때 키라는 놀랍게도 머그잔을 싱크대로 가져가 설거지를 하고 있었다. 마치 여느 때와 다를 바 없는 저녁 시간이라는 듯이.

"누나?"

키라가 맷티를 건너다보았다. 키라는 가볍게 인상을 찌푸리며 싫다고 대답했다.

그녀와 논쟁해 봐야 소용없었다. 전혀. 결국 맷티는 포기하기로 했다.

맷티는 의자를 다시 옮겨 난로 앞에 앉았다. 여름이 끝나 가는 터라 저녁 날씨가 을씨년스러웠다. 밤이면 숲의 기온도 곤두박질쳐, 여행 중에는 아침에 일어날 때면 온몸이 떨리고 두들겨 맞은 듯 아팠었다. 따뜻한 난로 옆에 앉으니 무척 편안했다.

키라는 작은 나무 틀을 집어 들었다. 반쯤 완성된 수가 팽팽하게 펼쳐진 자수틀이었다. 키라는 수놓을 거리를 의자로 가져

오고 밝은 색 실이 가득한 바구니도 가까이 끌어당겼다. 그리고 다시 벽난로 옆에 지팡이를 세워 놓고 자리에 앉아, 직물에 꽂아 두었던 바늘을 빼냈다. 바늘 끝에서 녹색 실이 흔들렸다.

키라가 갑자기 부드러운 목소리로 말했다.

"함께 가기는 할게. 하지만 지금 이대로 갈 거야. 이 다리와 지팡이로."

맷티는 당혹스러운 표정으로 키라를 보았다. 묻지도 않았는데 어떻게 알았을까? 그렇잖아도 어떻게 설명할지 고심하고 있었건만······.

맷티가 한참 후에야 간신히 입을 열었다.

"지금 막 설명할 참이었어. 어떻게 누나를 설득하나, 고민 중이었는데 도대체······?"

"아까 얘기하려고 했잖아. 내 재능 말이야. 이 손에 어떤 능력이 있는지. 의자를 좀 더 가까이 가져와 봐. 보여 줄 테니까."

맷티는 조잡한 나무 의자를 끌고 키라에게 가까이 다가갔다. 키라는 자수틀을 기울여 맷티가 볼 수 있게 해 주었다. 맹인 아저씨 집 벽에 있는 태피스트리처럼 이번에도 풍경화였다. 바늘땀은 작고 정교했으며 각 부분의 색들도 미묘한 변화를 일으켰다. 그러니까 암녹색이 조금씩 가벼운 음영 쪽으로 이동하다가

급기야 가장자리가 연노란색을 띠었는데, 색 조합이 마치 숲을 그대로 복제해 놓은 듯했다. 수없이 많은 나뭇잎 하나하나가 살아 움직이는 듯했다.

맷티가 그림을 알아보고 말했다.

"숲이야."

키라가 고개를 끄덕였다.

"그 너머를 봐."

키라는 이렇게 말하고는 손가락으로 오른쪽 상단을 가리켰다. 그곳엔 숲이 열리고 구불구불한 길들을 따라 작은 집들이 옹기종기 모여 있었다.

직물 위에서는 무한히 작은 점으로만 나타났으나 맷티는 아저씨와 함께 사는 집을 알아볼 것만 같았다.

"마을이야." 맷티는 키라의 솜씨에 감탄하면서 중얼거렸다.

"난 이 장면을 짜고 또 짜 넣었어. 이따금은 내 손이 나도 모르는 방식으로 움직이기도 한단다. 그러니까 실이 스스로의 힘으로 움직이는 거야."

맷티는 몸을 숙여 자수를 더 자세히 들여다보았다. 그저 놀라울 따름이었다. 정확한 묘사와 상상을 초월한 세밀함.

"맷티? 난 지금껏 아무도 없을 때 이 일을 해 왔지만 지금 그 힘을 느낄 수 있어. 잘 봐."

맷티는 키라가 오른손으로 녹색 실이 걸린 바늘을 집어드는 모습을 뚫어져라 노려보았다. 키라는 숲 가장자리의 마무리되지 않은 장소에 바늘을 찔러 넣었다. 그 순간 키라의 두 손이 가볍게 떨리기 시작했다. 그리고 희미한 빛을 내며 어른거렸다. 전에도 이런 모습을 본 적 있었다. 지도자가 창가에 서서 각오를 다지거나 너머를 볼 때였다.

키라는 두 눈을 감았으나 두 손은 아주 빠른 속도로 움직였다. 키라의 손은 번갈아 바구니를 들락거리며 상상을 초월하는 속도로 실을 갈아 끼우고 하나하나 땀을 채워 나갔다.

시간이 멈춘 듯했다. 난롯불은 여전히 딱딱거리며 불꽃을 피워 냈다. 폴짝이는 난로 가장자리에서 새근거리며 자고 있었다. 맷티는 아무 말 않고 앉아 아른거리며 휘몰아치는 두 손을 지켜보았다. 몇 시간, 몇 날, 몇 주가 지나는 듯했지만 기이하게도 그건 순간이자 찰나에 불과했다. 오늘과 내일과 어제가 마구 뒤섞여, 쉴 새 없이 휘젓고 다니는 키라의 두 손 안에서 소용돌이쳤다. 하지만 키라의 두 눈은 감겨 있고 불은 계속해서 따닥거렸으며 강아지는 깊은 잠에 빠진 채였다.

그리고 모든 것이 끝났다.

키라가 두 눈을 뜨고 허리를 들고 두 어깨를 곧게 폈다.

키라가 말했다.

"일을 하고 나면 피곤해."

맷티도 알고 있는 사실이었다.

"잘 봐. 금방 사라지니까 재빨리 확인해야 해."

맷티는 몸을 기울여 그림을 보았다. 아래쪽 숲으로 두 사람이 들어가고 있었다. 하나는 등짐을 진 것으로 보아 맷티 자신이었다. 심지어 재킷 소매가 찢어진 것까지 볼 수 있었다! 그 뒤에 갈색 음영으로 수놓은 건 폴짝이였다. 강아지는 꼬리를 높이 쳐들었고, 그 옆에 키라가 있었다. 파란색 옷, 겨드랑이에 낀 지팡이, 그리고 뒤로 단단히 묶은 검은 머리.

자수의 상단 끝에도 변화가 있었다. 맷티의 집으로 보이는 점 옆에 맹인 아저씨가 서 있었다. 분명 무언가를 기다리는 모습이었다.

그리고 맷티는 마을 경계에 모여 있는 사람들을 보았다. 그들은 거대한 통나무들을 끌고 있었는데 누군가(조언자로 보였다.) 방향을 지시하고 있었다. 벽을 쌓을 준비를 하는 것이다!

맷티는 깜짝 놀라 뒤로 기대앉았다. 잠시 눈을 깜빡이다가 다시 보려고 상체를 앞으로 기울였다. 진의 모습을 찾아보고 싶었으나 이미 세부적인 영상은 사라진 터였다. 다채로운 자수는 여전했지만 기껏해야 단순한 풍경화에 불과했다. 물론 기이할 정도로 아름답기는 했다. 세부 묘사가 결여된 이차원의 사람들 모습이 조금 더 남아 있다가 갑자기 색이 바래더니 그마저 완전히 사라졌다.

키라는 자수틀을 바닥에 내려놓고 의자에서 일어났다.

"우린 아침에 떠나야 해. 식량을 준비할게."

맷티는 아직 자신이 본 기적의 광경에서 헤어나지 못했다.

"이해가 안 가."

"넌 무릎을 칼로 찌르고 손으로 상처를 치유하고 봉합하면서 그게 어떤 건지 이해하고 하니?"

"아니, 그렇지 않아. 그건 내 재능이고 그게 다야."

"음, 이건 내 재능이야. 내 두 손은 미래의 그림을 창조해. 어제 아침 난 똑같은 자수를 떴고 네가 숲에서 나오는 걸 봤어. 그리고 오후에 문을 여니까 네가 있더라고."

키라가 담담한 어조로 얘기하고 혼자서 키득거렸다.

"하지만 폴짝이는 보지 못했어. 아주 신선한 충격이었지. 아까 네가 낮잠을 자는 동안에도 자수를 하면서 날 기다리고 있는 아빠를 봤어. 바로 오늘 오후였지. 그런데 벌써 사람들이 벽을 세울 장소에 동나무를 갖다 놓기 시작했구나. 게다가…… 너도 숲의 변화를 눈치챘니, 맷티?"

맷티는 고개를 저었다.

"난 그냥 사람들만 봤어."

"숲이 짙어지고 있어. 그러니까 맷티, 서둘러야 해."

신기하게도 지도자가 한 말 그대로였다.

"누나?" 맷티가 불렀다.

"응?"

키라는 찬장에서 식량을 챙기는 중이었다.

"푸른 눈을 가진 남자도 봤어? 누나 나이 또래고 우린 그분을 지도자라고 불러."

키라는 잠시 멈춰 서서 생각에 잠겼다. 검은 머리 한 가닥이 얼굴 위로 흘러내리자, 살짝 뒤로 넘긴 다음 천천히 고개를 저었다.

"아니, 하지만 느끼기는 했어."

15

두 사람은 일찍 일어났다. 해가 막 떠오르고 있어 창밖으로 호박 빛에 흠뻑 젖은 화단들을 볼 수 있었다. 어제 도착했을 때는 단순한 녹색이었던 격자 울타리 넝쿨들도 지금은 활짝 핀 파란색 나팔꽃과 하얀색 나팔꽃으로 호사를 누렸다. 울타리 너머로는, 키 큰 줄기마다 황금빛 꽃술에 진홍빛 꽃잎을 매단 과꽃들이 새벽 산들바람에 가볍게 몸을 떨었다.

맷티는 문득 키라의 존재를 느꼈다. 돌아보니 키라도 바로 뒤에서 창밖을 내다보고 있었다.

맷티가 말했다.

"두고 가기 많이 아쉬울 거야."

하지만 키라는 미소를 지으며 고개를 저었다.

"때가 된 거야. 언젠가 이때가 올 거라는 사실을 의심해 본 적은 없단다. 아빠한테도 오래전에 그렇게 말했었지."

"그곳에서 화단을 가꿀 수 있어. 그렇게 해 주겠다고 아저씨가 꼭 전해 달랬어."

키라가 고개를 끄덕였다.

"어서 먹자, 맷티. 출발해야 해. 폴짝이는 벌써 먹였어."

"도와줄까? 안에 뭐가 들었는데?"

맷티가 물었다. 입에는 키라가 준 머핀을 가득 문 채였다. 키라는 봇짐을 등에 메고 끈을 십자로 돌려 가슴에 묶었다.

"아냐, 이 정도는 내가 감당할 수 있어. 자수틀하고, 바늘과 실 따위거든."

"누나, 여행은 힘들고 길어. 앉아서 바느질할 시간 없을 거야."

맷티는 그렇게 말하고 바로 입을 다물었다. 당연히 키라한테 필요한 물건들이었다. 재능이 거기 있지 않는가.

키라는 둘둘 만 담요뿐 아니라 배낭 안에도 먹을 것을 쟁여 넣었다. 이곳에 올 때보다 무거웠다. 두 사람 몫이니까 당연했다. 하지만 맷티는 몸 상태가 최고였다. 키라가 다리 교정을 거부한 것이 다행이라는 생각도 들었다. 누가 알겠는가? 최악의 경우 회복에 며칠이 걸렸을지도 모른다. 그랬다간 대비는 부족하고 약점만 잔뜩 노출되었을 것이다.

게다가 키라는 예상보다 지팡이와 비틀린 다리를 능숙하게 움직였다. 키라 자신의 말처럼, 그런 식으로 평생을 걷다 보니 자신의 일부가 된 것이리라. 결함 또한 그녀의 모습이었다. 곧은 두 다리로 빨리 걷는 키라는 지금의 키라와는 다른 사람일 것이다. 이번 여행은 낯선 이방인과 헤쳐나갈 수 있는 여행이 아니었다.

키라가 강아지에게 웃으며 말했다.

"폴짝아, 네가 좀 더 크고 어른스러웠다면 네 등에도 괴나리봇짐을 매 주었을 거야."

강아지는 문 옆에 서서 열심히 꼬리 돌리기를 하고 있었다. 강아지도 두 사람이 떠날 준비를 한다는 것을 알았다. 물론 혼자 남겨지고 싶지 않을 터였다.

이윽고 두 사람은 어젯밤에 꼼꼼하게 꾸려 둔 짐을 모두 짊어졌다.

"다 됐다."

키라가 선언했다. 맷티도 동의의 뜻으로 고개를 끄덕였다. 폴짝이는 벌써 나가 땅 냄새를 맡고 있었다. 두 사람은 문을 닫지 않고 키라가 아주 어렸을 때부터 살아온 커다란 방을 돌아보았다. 키라가 두고 가는 건 많았다. 베틀, 털실과 일반실, 서까래에 매달아 둔 말린 허브, 태피스트리, 마을 옹기장이가 키라에게 만들어 준 사기 그릇과 접시들, 그리고 친구 토마스가 선물한 정교하고 복잡한 무늬의 나무 쟁반 하나. 벽에 박은 고리에는 키라가 직접 만든 옷과 장식품 들이 걸려 있었는데, 자수와 아플리케 장식으로 풍성한 치마와 재킷들도 보였다. 오늘 키라는 단순한 파란색 원피스에 납작한 돌로 버튼을 만들어 단 두꺼운 니트 스웨터를 입었다.

키라는 그 모든 것을 문 하나로 닫아 버렸다.

"가자, 폴짝아."

맷티가 외쳤으나 그럴 필요도 없었다. 강아지는 부지런히 달려와 문지방에 대고 마지막으로 한 다리를 들었다. "나 여기 다녀감."이라고 선언하는 강아지만의 방식이었다.

맷티는 오솔길과 숲이 만나는 곳을 향해 이동했다. 키라도 지팡이에 의지해 따라 왔고 폴짝이 역시 귀를 잔뜩 세우고 졸졸 뒤를 쫓았.

"그거 아니? 이 오두막과 읍내 사이의 산길은 수도 없이 다녔어. (갑자기 웃으며) 이런, 당연히 알겠지. 너 어렸을 땐 나하고 함께 다녔으니까."

"셀 수도 없을 정도로 다녔지."

"하지만 난 한 번도 숲에 들어가 본 적은 없어. 그럴 필요도 없었지만 왠지 무서워 보였거든."

두 사람은 이제 막 숲으로 발을 내디뎠다. 등 뒤로 공터의 햇살이 보이고 키라의 작은 집 모퉁이도 보였다. 하지만 맷티는 숲 속으로 이어진 산길이 기이하게 어둡다는 생각을 했다. 그렇게 어두운 숲은 처음이었다.

"그래서 지금도 무서워?" 맷티가 물었다.

"아니, 아냐. 네가 있으니까 괜찮아. 넌 숲을 잘 알잖아."

"그래 맞아, 잘 알지."

아니, 잘 알았었다. 대답을 하는 순간에도 맷티는 불안했다. 키라한테 드러내지는 않았지만 산길은 옛날처럼 익숙해 보이지 않았다. 분명히 같은 길이었다. 굽잇길도 같았다. 굽잇길을 돌자 등 뒤의 공터도 더 이상 보이지 않았다. 하지만 문제는 주변이 더 이상 예전처럼 쉽고, 익숙해 보이지 않는다는 것이다. 모든 것이 조금씩 다르게 느껴졌다. 조금 더 어두워졌으며 눈에 띄게 적대적이었다.

하지만 맷티는 아무 말도 않고 앞서 나갔다. 키라는 장애가 있는데도 씩씩하게 뒤를 따랐다.

"숲에 들어섰습니다."

지도자가 창에서 돌아서며 말했다. 지도자는 꽤 오랫동안 그곳에 서서 정신을 집중했다. 바로 옆에는 보는 자가 서 있었다. 두 사람은 벌써 며칠째 이 일을 하고 있었다.

지도자는 의자에 앉아 휴식을 취했다. 그리고 힘겹게 숨을 몰아쉬었다. 이미 익숙해진 절차였다. 너머를 본 후에는 잠시 맥을 잃은 몸을 회복해야 했다.

보는 자가 한숨을 내쉬었다. 물론 안도의 한숨이었다.

"딸아이가 함께 오는 거로군."

지도자가 그 말에 고개를 끄덕였다. 아직 말할 힘은 없었다.

"그 애가 오지 않을까 봐 걱정했네. 많은 걸 포기해야 하는 결정이니까. 맷티가 잘한 거야. 영특한 녀석."

지도자는 온몸을 늘어뜨린 채 책상 위에서 물 잔을 들어 한 모금 홀짝였다. 이제 말을 할 수도 있을 것 같았다.

"설득할 필요도 없었습니다. 때가 되었음을 알고 있더군요. 그녀의 재능 덕분이지요."

보는 자가 창가로 다가가 귀를 기울였다. 무언가를 끌어당기는 소리, 쿵쿵 두드리는 소리, 그리고 고함소리.

"이쪽이야!"

"거기 내려놔!"

"조심해!"

조언자의 목소리도 들렸다. 누구보다도 큰 목소리였다.

"그건 저기다 쌓아! 한 곳에 다섯 개씩! 야! 야, 이 멍청아! 그만두지 못해! 도울 능력이 없으면 다른 데 가서 놀라고 했잖아!"

지도자가 움찔하며 말했다.

"불과 며칠 전만 해도 무척 참을성 있고 부드러운 분이었건만. 지금 저 소리를 들어 보세요."

보는 자가 말했다.

"조언자 모습이 어떤지 말해 보게."

지도자는 창가로 다가가 사람들이 성벽을 준비하는 곳을 내려다보았다. 무리 속에서도 조언자는 쉽게 눈에 띄었다.

"머리숱이 다 채워지고 키도 커졌습니다. 아니면 그저 자세가 곧아졌을 뿐이든지요. 살이 빠졌고 턱은 옛날보다 더 단단해 보입니다."

"기이한 거래를 했다고 했지?"

보는 자의 질문에 지도자가 어깻짓을 했다.

"여자를 원했다더군요. 사람들이 이상해졌어요."

"다시 너머를 보기에는 너무 이르겠지?"

보는 자는 여전히 창가에 서 있었다. 자세가 불편해 보였다.

"어떤지 아시잖습니까. 이제 막 숲에 들어왔을 뿐이에요. 괜찮을 겁니다."

"시간이 얼마나 남았나?"

"열흘. 포고에 따라 열흘 안에는 벽을 세울 수 없습니다. 시간은 충분해요."

"맷티는 내 아들이나 다름없네. 내 두 아이가 지금 저 밖에 나가 있는 거야."

"알고 있습니다. 내일 아침에 다시 오십시오. 그때 다시 보기로 하죠."

지도자는 위로하듯 보는 자의 양 어깨를 감싸 안았다.

"정원에 가서 일을 좀 해야겠네. 키라를 위해 화단을 준비 중이라네."

"좋은 생각이십니다. 걱정을 덜 수 있을 테니까요."

하지만 보는 자가 떠난 후에도 지도자는 한참을 창가에 서서 성벽을 준비하는 소음에 귀를 기울였다. 그도 걱정이 이만저만이 아니었으나 보는 자에게 그 얘기까지는 전하지 않았다. 지도자는 맷티, 키라, 그리고 강아지가 숲에 들어오는 것만 본 것이 아니었다. 숲이 움직이고 있었다. 이동하고, 두터워지며, 셋을 파괴할 준비를 하고 있었다.

16

"가면서 낚시를 할 거야. 폴짝이는 싫어하지만 누나하고 난 먹을 수 있어. 그리고 딸기와 밤도 많으니까 식량은 아끼지 않아도 돼. 얼마든지 구할 수 있어." 맷티가 설명했다.

키라는 고개를 끄덕이고 맷티가 준 새빨간 사과를 한 입 베어 물었다.

"짐을 줄이는 것도 중요하니까. 그럼 좀 더 빨리 움직일 수 있을 거야."

둘은 담요 위에 앉았다. 첫날밤을 보내기 위해 맷티가 선택한 장소였다. 하루 동안 상당한 거리를 줄여 놓았다. 키라가 굉장히 잘 따라와 맷티도 놀랄 정도였다.

"안 돼, 폴짝아! 내 지팡이는 건드리지 마."

키라가 강아지를 가볍게 나무랐다. 녀석이 지팡이를 물어뜯을 거리로 생각한 모양이었다. 키라가 막대기를 하나 집어 던져 주자 폴짝이는 그걸 물고 잽싸게 달아났다. 신나서 으르렁거리는 모양이 누군가 따라와 주기를 바라는 눈치였다. 하지만 아무런 호응이 없자 강아지는 그 자리에 앉아 막대기를 공격하기 시작했다. 작고 날카로운 이빨로 껍질을 마구 공략했다.

맷티는 죽은 가지 몇 개를 모닥불에 던져 넣었다. 벌써 어두워진 데다 기온도 크게 떨어졌다.

"오늘 많이 걸었어. 누나가 놀랄 만큼 잘 따라와 준 덕분이야. 처음엔 누나 다리 때문에……."

"익숙해져서 그래. 늘 이런 식으로 걸었으니까."

키라는 가죽 샌들을 벗고 두 발을 주무르기 시작했다.

"그래도 피곤하네. 그리고 봐. 피도 나잖아."

키라는 치맛단을 잡아당겨 발바닥에 맺힌 피를 닦아 냈다. 그리고 웃으며 말했다.

"도착하는 대로 이놈의 드레스는 던져 버릴 거야. 거기도 새 옷을 만들 옷감은 있겠지?"

맷티는 고개를 끄덕였다.

"물론. 시장에 가면 얼마든지 있어. 내 친구 진한테 옷을 빌릴 수도 있고. 누나하고 체격이 비슷하거든."

키라가 맷티를 쳐다보며 물었다.

"진? 처음 듣는 이름인데?"

맷티는 씩 웃으며 어두워서 다행이라고 생각했다. 얼굴이 빨개진 걸 들키지 않을 테니까. 이상하게 자꾸만 얼굴이 빨개졌다. 이게 무슨 조화인지. 진을 알고 지낸 지도 벌써 몇 년이나 되었는데 말이다. 어릴 적 마을에 도착한 이후로 줄곧 함께 놀았던 친구였다. 한 번은 뱀으로 깜짝 놀라게 하려다가 진이 누룩뱀을 좋아한다는 사실만 확인한 적도 있었다.

맷티는 키라한테 가벼운 어깻짓을 해 보였다.

"친구야. 예쁘고."

맷티는 이렇게 말하고는 화들짝 놀랐다. 예쁘다는 말을 했다는 사실이 믿기지 않았다.

맷티는 키라가 자신을 놀려 댈 거라 예상했다. 하지만 키라는 맷티의 말을 듣고 있지 않았다. 발을 살피느라 정신이 없었기 때문이다. 깜빡거리는 모닥불이지만 맷티도 키라의 발바닥이 심하게 찢겨 피가 나고 있음을 볼 수 있었다.

키라는 드레스 자락을 폴짝이의 물 그릇에 담갔다가 다시 상처를 씻어 냈다. 모닥불 빛 속에서 키라가 움찔하는 모습이 드러났다.

맷티가 물었다.

"얼마나 심해?"

"괜찮을 거야. 허브 연고를 가져왔으니까 그걸 바르면 돼."

키라는 주머니에서 작은 쌈지를 꺼내 찔리고 베인 상처에 연고를 발랐다.

맷티가 바닥에 나란히 모아 둔 부드러운 가죽 샌들을 보며 물었다.

"샌들이 잘못된 거야?"

샌들 바닥은 튼튼했고 키라도 그 신을 신고서 편안하게 걷는 듯 보였었다.

"아니, 신발은 괜찮아. 하지만 이상하네. 걷는 동안 계속 신발에 박힌 잔가지를 뽑아내야 했거든. 아마 너도 봤을 거야. 정말로 나무들이 가지를 뻗어 찌르는 것 같더라니까."

키라는 웃으면서 발 상처에 연고를 좀 더 발랐다.

"그것도 아주 세게 말이야. 아무래도 내일은 신발을 신기 전에 발에 천을 감을까 봐."

"좋은 생각이야."

맷티는 자신이 불안해하는 모습을 키라한테 보이고 싶지 않앉다. 맷티는 땔감을 더 넣고, 불씨가 작은 공간을 벗어나지 못하게 모닥불 주변에 돌을 좀 더 쌓아 올렸다.

"이제 자야겠다. 내일 일찍 출발해야 하니까."

두 사람은 나란히 누워 담요를 덮었다. 벌써 몸을 동그랗게 말고 잠든 폴짝이는 두 사람 사이에 눕혔다. 맷티가 귀를 기울이자 곧이어 키라의 새근거리는 숨소리가 들렸다. 눕자마자 잠에 골아떨어진 모양이었다. 폴짝이가 꿈을 꾸는지 몸을 뒤척였다. 아마도 새나 얼룩다람쥐를 쫓고 있으리라. 마지막 가지의 불이 꺼지며 숯으로 무너져 내리는 소리도 들렸다. 그리고 올빼미가 울며 곤두박질치는 소리와 올빼미 발톱에 잡혀 버둥거리는 작은 설치류의 비명 소리가 들렸다.

맷티는 숲의 중심을 침투한 악취의 기운도 느꼈다. 앞으로 가야 할 방향이었다. 대충 계산해 봐도 아직 사흘은 있어야 중심에 다다를 텐데 벌써 이곳까지 악취가 흘러나오다니 믿을 수가 없었다. 간신히 잠들었을 때 맷티의 꿈은 부패에 대한 자각과 끔찍한 위험에 대한 예감으로 소용돌이쳤다.

아침 식사를 마친 후, 키라는 페티코트를 찢어 두 발을 모두 감았다. 충분히 두껍게 감은 다음에는 샌들 끈을 느슨하게 해서

붕대 감은 발을 조심스럽게 끼워 넣었다.

키라는 지팡이를 짚고 모닥불 주변을 조금 돌아 보았다. 그리고 잠시 후 말했다.

"좋아. 아주 편해. 이제 아무 문제 없을 거야."

맷티는 남은 음식을 담요에 감으며 키라를 보았다.

"또 그런 일이 생기면 얘기해. 나뭇가지가 찌르면 말이야."

키라는 고개를 끄덕였다.

"준비됐니, 폴짝아?"

키라가 부르자 풀숲에서 두더지 구멍을 파던 강아지가 폴짝거리며 뛰어왔다. 키라는 자수 도구를 담은 봇짐을 등에 묶고 맷티가 앞장서기를 기다렸다.

놀랍게도 두 번째 아침에는 길을 찾는 것도 쉽지 않았다. 전에는 이런 일이 한 번도 없었건만. 그들이 하룻밤을 보낸 공터에만도 몇 개의 길이 새로 나 있었다. 맷티가 그 길들을 하나씩 점검하는 동안 키라는 끈기 있게 기다렸다.

"전에도 자주 지났던 길이야. 여기에서 잠을 잔 것도 한두 번이 아니고. 그리고 언제나 길은 분명했고 고민한 적은 없었어. 그런데 이건……."

맷티는 손으로 잡목들을 밀쳐 내고 드러난 바닥을 한참 동안

내려다보았다. 그리고 주머니에서 칼을 꺼내 가지 몇 개를 쳐 냈다.

"여기야. 여기 길이 있어. 나무들이 자라 길을 덮어 버렸어. 도무지 이해가 안 가. 불과 하루 반 전에 이 길을 지났지만 그땐 이렇게 자라 있지 않았단 말이야."

맷티는 무성하게 덮인 잡목들을 걷어 키라가 들어가기 쉽게 해 주었다. 부상을 입었는데도 키라의 걸음이 안정되고 아파 보이지 않아 안심되었다.

"내가 지팡이로 처리할 수 있어. 봐."

키라는 지팡이를 들어 오솔길을 가로지른 두꺼운 넝쿨들을 어깨 높이까지 들어올렸다. 그들은 함께 넝쿨 아래를 통과했으나 곧바로 또 다른 장벽에 가로막혔다.

"내가 잘라 볼게. 여기서 기다려." 맷티가 말했다.

키라는 서서 기다렸고 폴짝이도 조용히 경계 태세를 취했다. 맷티가 눈앞을 가로막은 넝쿨들을 자르기 시작했다.

"오우."

맷티는 깜짝 놀랐다. 잘린 넝쿨에서 산성 수액이 떨어져 소매의 얇은 면 옷감을 태워 버렸기 때문이다. 마치 이빨로 천을 갉아 먹는 것 같았다. 맷티는 키라를 불러 앞서 지나가도록 했다.

"수액이 몸에 닿지 않게 조심해."

그들은 조심스럽게 넝쿨 미로와 진배없는 길을 헤쳐 나갔다. 칼을 든 맷티가 선두였다. 계속해서 수액이 두 팔에 튀는 바람에 소매는 구멍투성이가 되었고 그 아래 살갗도 화상을 입기 시작했다. 진행은 당연히 느릴 수밖에 없었다. 넝쿨들의 성장 속도는 기가 막힐 정도였다. 실제로 이제 막 통과해 온 길을 넝쿨들이 다시 봉쇄할 정도였다. 어쨌든 마침내 통로가 넓어졌다. 그들은 열린 공간을 찾아 휴식을 취하기로 했다. 비도 내리기 시작했다. 나무들이 너무 울창한 탓에 빗물이 쏟아져 들어오지는 않았지만 나뭇잎을 타고 어깨 위로 떨어지는 빗방울들은 얼음처럼 차가웠다.

"허브 연고 남은 거 있어?" 맷티가 물었다.

키라는 주머니에서 쌈지를 꺼내 맷티에게 건넸다. 맷티는 소매를 걷고 두 팔을 살펴보았다. 부은 자국과 수포가 살갗에 일정한 무늬를 만들어 놓았다. 수포에서는 진물까지 흘러내렸다.

"수액 때문이야."

맷티는 이렇게 말하며 상처마다 연고를 발랐다.

"난 스웨터가 두꺼워서 뚫지 못하나 봐. 많이 아파?"

"아니, 별로."

그건 사실이 아니었다. 키라를 겁주고 싶지 않아 참고는 있었지만 불로 지지는 것처럼 뜨겁고 쓰라렸다. 연고를 바르면서도 맷티는 울음을 참기 위해 숨을 멈추고 이를 악물어야 했다.

잠깐 동안은 재능을 사용해 볼 생각도 했다. 맥동의 치유력을 소환해 두 팔의 타는 듯 아픈 발진을 말끔히 없애 버리는 것이다. 하지만 그럴 수는 없었다. 치유는 진을 빼는 일이고 그럼 속도는 더욱 늦어질 수밖에 없다. 지도자의 말마따나 재능을 사용하는 일이 아닌가. 지금은 계속 움직여야 했다. 접근할 엄두조차 안 나는 너무나 끔찍한 일이 연이어 일어나고 있었다.

키라는 아무것도 몰랐다. 한 번도 이런 여행을 해 본 적이 없으니 당연한 일이었다. 두 번째 날이 더 어렵다는 정도는 느꼈을 수 있지만 특별한 상황이라는 생각은 하지 못했다. 화상과 수포로 맷티가 겪는 끔찍한 고통조차 깨닫지 못한 탓에 키라는 심지어 웃기까지 했다.

"맙소사, 내 클레머티스가 이렇게 빨리 자라지 않아 정말 다행이야. 그랬다간 현관문도 열지 못했을 거야."

맷티는 소매를 내려 상처를 가리고 연고를 키라에게 돌려주었다. 그리고 애써 미소를 지어 보였다.

폴짝이가 낑낑거리며 몸을 떨었다.

"불쌍해라. 무서운 길이었지? 어디 수액이 떨어진 거야?"

키라는 강아지를 맷티에게 건넸다.

아무 상처도 보이지 않았으나 폴짝이는 걷지 않으려고 했다. 맷티는 강아지를 재킷 안에 넣고 뻣뻣하게 굳은 다리를 접어 주었다. 강아지는 맷티의 가슴에 편안하게 자리를 잡았다. 강아지의 심장이 크게 콩닥거렸다.

키라가 인상을 찌푸리며 물었다.

"무슨 냄새지? 퇴비 냄새 같은데?"

"숲 중심엔 썩어 가는 물건들이 많아."

"더 심해지는 거니?"

"불행하게도 그럴 것 같아."

"그럼 어떻게 통과해? 천으로 코와 입을 막을 거야?"

맷티는 키라에게 진실을 말하고 싶었다.

'전에는 이런 냄새 없었어. 이곳을 스무 번 정도는 지났지만 이런 경우는 처음이야. 아까 같은 넝쿨들도 없었고. 나도 생전 처음 겪은 거야.'

하지만 맷티는 이렇게 말했다.

"그게 가장 좋은 방법 같네. 누나 연고도 허브 냄새가 좋던데 그걸 코 밑에다 바르면 악취를 막을 수 있겠지."

키라가 덧붙였다.

"그리고 재빨리 통과해야겠지?"

"응. 최대한 빨리."

두 팔의 통증이 많이 가셔서 지금은 약간 욱신거리고 콕콕 쏘는 느낌 정도였다.

하지만 몸은 병에라도 걸린 듯 뜨겁고 힘이 없었다. 맷티는 잠깐 쉬어 가자고 하고 싶었다. 잠시라도 담요를 깔고 눕고 싶었다. 예전에는 여행하다 대낮에 휴식을 취해 본 적이 없었다. 시간도 없었다. 지금은 악취를 향해 전진할 때였다. 어쨌든 넝쿨을 통과했고 아직 다른 장애물은 보이지 않았다.

계속해서 차가운 비가 내렸다. 문득 촉촉하게 젖은 진의 곱슬머리가 떠올랐다. 시시각각 악화되는 끔찍한 냄새 대신 진이 작별 키스를 해 줬을 때의 향기를 떠올려 보았다. 너무도 아련하기만 한 기억.

"가요."

맷티는 키라에게 따라오라는 손짓을 해 보였다.

지도자는, 맷티와 키라가 첫날밤을 보내고 두 번째 날을 시작했다고 보는 자에게 얘기해 주었다. 의자에서 휴식을 취하며 한 얘기라 평소의 강인한 목소리는 못 되었다. 힘이 없어서다.

"잘됐군."

보는 자는 마치 그럴 줄 알았다는 투로 가볍게 말했다.

"그럼 강아지는? 폴짝이는 어떤가? 그 녀석도 보았나?"

지도자가 고개를 끄덕였다.

"폴짝이도 잘 있어요."

사실을 말한다면 강아지는 맷티보다 상태가 좋았다. 키라도 첫날엔 좋았는데 숲 나뭇가지에 찔려 상처를 입었다. 지도자는 재능을 통해 키라의 피 흘리는 발을 보았고, 키라가 연고를 바르며 움찔할 때는 함께 움찔했다. 하지만 키라는 지금은 잘해 내는 것 같았다. 이제 숲은 키라 대신 맷티를 공격하기 시작했다. 그 말을 눈먼 보는 자한테 할 수는 없었다.

더군다나 아직 두 사람 앞길에는 최악의 상황이 남아 있지 않은가!

17

둘째 날 오후가 되자 맷티는 극도로 고통스러웠다. 최악의 상황까지 가려면 아직 하루가 남았건만, 수액에 감염된 두 팔이 곪아 진물이 줄줄 흐르고 붓고 따끔거렸다. 산길은 거의 완전히 덮여 있었고 나뭇가지들도 사정없이 할퀴어 댔다. 더욱이 상처 난 팔을 계속 건드리는 바람에 그야말로 울고 싶은 심정이었다.

이제 더 이상 이번 여행이 별다를 게 없다는 식으로 키라를 속이는 것도 불가능했다. 맷티는 사실대로 고했다.

"그럼 어떻게 해야 하는 거니?" 키라가 물었다.

"모르겠어. 다시 돌아가려 해도 이미 그 길도 막혀 있기는 마찬가지야. 길을 찾을 수 있을지도 모르겠고 그 넝쿨을 다시 지나는 것도 불가능해. 이 팔을 봐."

맷티는 통증을 참으며 엉망이 된 소매를 걷어 키라에게 내밀었다. 두 팔은 더 이상 인간의 수족처럼 보이지 않을 정도였다. 어찌나 부었던지 살갗이 온통 갈라지고 그 사이로 노란 진물이 흘러내렸다.

"이제 조금만 더 가면 중심이야. 거기만 통과하면 빠져나가는 길로 접어드는 셈이지. 그래도 아직 갈 길이 멀어. 모르긴 몰라도 지금보다 훨씬 어려울 거야."

선택의 여지가 없었으므로 키라는 군말 없이 맷티를 따랐다. 하지만 두려움에 하얗게 질려 있었다.

두 사람은 연못에 다다랐다. 물통을 채우고 가끔 물고기도 잡던 곳인데 지금은 그마저 잔뜩 괴어 있었다. 깨끗하고 신선했던 물도 지금은 암갈색을 띤 채 죽은 벌레들로 꽉 막혀 있었다. 그 냄새 또한 세상에 존재하지 않는 악취였다.

그리고 두 사람은 지금 목이 말랐다.

비는 멈췄으나 축 젖은 데다 추웠다.

키라는 악취를 줄여 보려고 코 밑에 연고를 바르고 천으로 코와 입을 감았다. 맷티의 셔츠 안에 있던 폴짝이도 고개를 숙인 채 꼼지락거렸다.

갑자기 길이 끊겼다. 늘 지나다니던 길이건만 전에 없던 습지가 길을 가로막았다. 번드르르한 진창 위에는 칼처럼 날카로운 갈대들이 삐죽삐죽 자라 있었다. 돌아갈 길은 없었다. 맷티는 습지를 가만히 쳐다보다가 계획을 하나 짜냈다.

"누나, 두꺼운 넝쿨을 잘라 와야겠어. 그걸로 우리 몸을 함께 묶는 거야. 그래야 행여 우리 둘 중 하나가 걸릴 경우에……."

맷티는 흉물스럽게 부은 손을 간신히 구부려 칼을 꺼낸 다음 두꺼운 넝쿨을 잘라 냈다.

"내가 묶을게. 그건 내가 잘하니까. 털실 매듭을 얼마나 많이 매 봤는지 모르지?"

키라는 손을 능숙하게 움직여 부드러운 넝쿨을 자신의 허리와 맷티의 허리에 감은 후 매듭을 만들었다. 어느새 두 사람은 일정한 간격을 두고 서로 넝쿨로 연결되었다.

"봐, 진짜 빠르지?"

"내가 먼저 가서 바닥을 확인해 볼게. 내가 정말로 걱정하는 건……."

키라가 고개를 끄덕였다.

"알아. 유사라는 진흙이 있다는 거."

"그래, 내가 가라앉기 시작하면 누나가 힘껏 잡아당겨 나를 빼 줘야 해. 그 반대도 마찬가지고."

그들은 조금씩 습지를 헤쳐 나가기 시작했다. 되도록 덤불을 찾아 발을 디디고 어쩔 수 없이 진창을 지날 때면 조심스럽게 지반을 확인했다. 면도날처럼 날카로운 갈대들이 무자비하게 다리를 베고 모기들이 신선한 피를 탐식했다. 이따금 발이 단단히 갇힐 때는 서로를 잡아당겨 빼 주기도 했다. 키라의 샌들은 하나씩 진창에 빠져 결국 두 짝 다 사라져 버리고 말았다.

맷티의 신발은 기적적으로 살아남았다. 습지 반대편에 간신히 다다랐을 때쯤엔 미끈둥한 진흙으로 뒤덮여 마치 무거운 부츠를 신고 있는 것처럼 보이기도 했다. 맷티는 넝쿨을 단단히 붙잡고 키라가 진흙에서 벗어나 둑에 오를 수 있도록 도와주었다.

그리고 두 사람을 묶은 넝쿨을 끊었다.

"이것 좀 봐!"

맷티는 벌써부터 껍질처럼 굳기 시작한 진흙에 둘러싸인 자기 발을 가리켰다. 우스꽝스럽게 거대해진 부츠를 보며 웃을 생각이었다.

그런데 그 순간 맷티는 키라의 맨발을 보고 온몸을 떨고 말았다. 전에 찢긴 곳이 다시 벌어지고 날카로운 늪 갈대에 새로 베여 그야말로 너덜너덜해져 있었다. 맨발에서는 피가 뚝뚝 떨어지고 있었다. 맷티는 둑을 다시 타고 내려가 두 손으로 진흙을 떠 키라의 발과 다리에 부드럽게 발라 주었다. 두껍고 차가운 진흙으로 출혈을 막고 통증을 덜어 주기 위한 조치였다.

맷티는 키 큰 나무를 뚫고 하늘을 올려다보았다. 시간이 얼마나 됐을까? 습지를 지나는 데 꽤 많은 시간을 낭비했다. 두 팔은 거의 사용 불능 상태였으나 손에 든 칼을 놓지는 않았다. 진흙으로 두 다리와 발을 덮은 키라는 맷티 옆에 무릎을 꿇고 숨을 몰아쉬었다. 셔츠 안의 강아지도 숨이 막혀 가고 있었다.

그래도 맷티는 아무 일도 아니라는 듯 씩씩하게 말해야 했다.

"자, 움직여야지. 중심이 바로 앞이고 곧 밤이 올 거야. 쉴 곳을 찾아 하룻밤 잔 다음 내일 아침에 마지막 행군을 하는 거야. 누나 아빠가 기다리고 계셔."

맷티가 천천히 앞으로 움직였다. 키라도 망가진 발로 일어나 그 뒤를 쫓았다.

맷티는 이따금 이성이 빠져나가는 기분이 들었다. 그래서 그는 자신의 육신을 벗어나는 상상을 했다. 고통을 잊을 수 있어서 좋았다. 상상 속에서 맷티는 머리 위를 떠다니며, 한 아이가 절름발이 소녀를 이끌고 어두운 가시밭을 어렵게 헤쳐 나가는 광경을 내려다보았다. 두 사람이 불쌍했다. 그 둘을 하늘로 불러올려 함께 편안하게 떠다니자고 하고 싶었다. 하지만 육신을 벗어난 자아에게는 목소리가 없어 두 사람을 부르지 못했다.

그건 백일몽이자 도피에 불과했다. 당연히 오래 지속될 수 없었다.

"잠시 쉬었다 가면 안 될까? 더 이상 못 가겠어, 미안해."

키라의 목소리는 약한 데다 입을 막은 천 때문에 거의 들리지 않았다.

"저 위에, 저기 작은 빈터가 있어. 앉을 만한 곳이 있을 거야."

맷티가 손가락으로 가리키고 앞서 나아갔다. 전부터 알고 있던 장소다. 맷티는 그곳에 도착하자마자 배낭에서 담요를 털어 내 바닥에 깔았다. 두 사람은 나란히 앉았다.

키라가 드레스 밑자락을 가리켰다. 파란 천은 갈가리 찢어졌고 벌써 색까지 바랬다. 치맛단은 아예 길고 가느다란 리본들로 술 장식을 만든 것처럼 보였다.

"이것 봐. 나무들이 나를 노리고 있어. 칼처럼 날카로운 가지들이 이렇게 찢어 놓은 거야. 그래도 살갗을 건드리지는 않아. 때를 기다리는 것 같아. 나를 희롱하는 거지."

끔찍하게도 그 순간, 맷티는 불쌍한 나무 재배자를 묘사했던 라몬의 말이 떠올랐다. 숲에 붙잡혀 넝쿨에 목이 졸린 채 발견된 남자. 숲은 그 남자를 끔찍하게 죽이기 전에, 이런 식으로 놀리고 찌르고 베었던 걸까?

"맷티? 왜 아무 말도 안 하니?"

맷티는 고개를 내저었다. 또 다시 정신을 놓고 말았다.

"미안. 뭐라고 해야 할지 모르겠어서. 누나 발은 어때?"

맷티는 키라가 몸을 부르르 떠는 것을 보고 시선을 내렸다. 맷티가 발라 주었던 진흙 진통제는 이미 말라 다 떨어져 나갔다. 키라의 두 발은 거의 다 헤진 걸레처럼 보였다.

"네 팔도 마찬가지야." 키라가 말했다.

넝마가 된 소매는 상처에서 나온 진물로 푹 젖어 있었다.

맷티는 마을의 예전 모습을 떠올려 보았다. 걷는 데 문제가 있는 사람이 있으면 튼튼한 사람들이 기꺼이 도와주었다. 팔을 부상당하면 완치될 때까지 돌봐주고 도와주었다.

주변에서 흘러나오는 소리를 듣고 맷티는 마을의 소리라고 생각했다. 가벼운 웃음소리, 소곤거리는 대화, 일상과 행복한 생활에서 나오는 북적거리는 소리. 하지만 그건 기억과 갈망이 빚어 낸 환청이었다. 맷티가 들은 소리는 개구리의 울음소리, 몰래 나무와 나무 사이를 건너는 산쥐의 발소리, 검은 연못에 사는 더럽고 추악한 괴물이 뿜어내는 물방울 소리였다.

"숨을 쉬기가 어려워."

키라가 말했다. 그건 맷티도 마찬가지였다. 공기가 무겁고 악취도 심했다. 마치 누군가 더러운 베개로 얼굴을 짓눌러 질식사시키려고 하는 것만 같았다. 맷티는 기침을 했다.

재능을 써 볼 생각도 했지만 지금은 그마저 소용없었다. 어쩌면 상처투성이 팔과 키라의 고통 받는 다리를 고칠 힘이 아직 남아 있을지도 모른다. 하지만 그러면 또 다시 공격당할 테고, 또 고치면 다시 당할 것이다. 그런 식으로 했다가는 맷티도 견뎌 낼 재간이 없으리라. 지금도 무심코 고개를 돌렸더니, 작은 가시나무에서 연녹색 덩굴손이 자라나 조용히 두 사람 쪽으로 미끄러지듯 다가오는 게 보였다. 놈은 어린 독사처럼 움직였다. 악의적이고 은밀하고 무엇보다 치명적이었다.

맷티는 다시 칼을 꺼냈다. 사악한 덩굴손은(초여름 그의 화단에서 자라는 완두콩하고는 모습이 완전히 달랐다.) 다가오자마자 발목을 단단히 휘감기 시작했다. 맷티는 재빨리 손을 뻗어 칼날로 넝쿨을 끊어 냈다. 덩굴손은 순식간에 갈색으로 변해 떨어져 나갔다. 죽은 것이다.

하지만 그걸 승리라고 부를 수는 없었다. 어차피 질 수밖에 없는 전쟁의 휴지기일 뿐이었다.

키라가 봇짐을 벗는 걸 보며 맷티가 황급히 밀했다.

"뭐 하려고? 곧 이동해야 해. 여긴 위험해."

키라는 맷티를 노린 끔찍한 덩굴손을 보지 못했다. 하지만 분명히 더 많은 공격이 뒤따를 것이다. 그 때문에 맷티는 숲을 주시했다.

놈은 먼저 맷티를 노렸다. 맷티는 먼저 죽고 싶은 생각은 없었다. 키라를 혼자 남겨두지도 않을 것이다.

당혹스럽게 키라는 자수 도구를 꺼내고 있었다.

"누나! 그럴 시간 없어!"

"어쩌면 가능할지도 몰라……."

그러고 나서 키라는 노련하게 바늘에 실을 꿰었다.

'도대체 어쩌자는 걸까? 우리의 최후를 그린 기막힌 태피스트리라도 짤 생각일까?'

지도자의 집에서 들춰 본 그림책에는 죽음을 묘사한 그림들이 무척이나 많았다. 참수되어 접시에 담긴 머리. 전쟁과 시체들이 널브러진 전장. 칼과 창과 불. 그리고 남자의 부드러운 손바닥 살을 파고드는 손톱. 화가들은 미를 이용해 그런 식의 고통을 보존하려 했다.

어쩌면 키라도 그런 생각일 것이다.

맷티는 키라의 두 손을 지켜보았다. 두 손은 바늘을 찔렀다 빼냈다 하며 작은 자수틀 위를 부지런히 훑고 다녔다. 눈은 감은 채였다. 그녀의 의지가 아니라 손가락들이 저절로 움직이고 있다는 뜻이었다.

맷티는 기다리는 동안 끊임없이 주변을 살폈다. 숲이 언제 또 공격해 올지 모를 일이었다. 다가오는 어둠이 가장 무서웠다. 맷티는 저녁이 오기 전에 이곳을 빠져나가고 싶었다. 하지만 키라가 수를 다 놓을 때까지 기다렸다.

마침내 키라가 고개를 들고 말했다.

"누군가 우리를 도우러 오고 있어. 푸른 눈의 청년이야."

지도자.

"지도자님이 오신다고?"

"숲 안으로 들어왔어."

맷티가 한숨을 내쉬었다.

"너무 늦었어, 누나. 시간 내에 우릴 찾아내지 못할 거야."

"그 사람은 우리가 있는 곳을 알아."

"그분은 너머를 볼 수 있어. 내가 그 얘기 했어? 기억이 안 나."

맷티는 이렇게 말하고 기침을 터뜨렸다.

"너머를 본다고?"

키라는 다시 짐을 꾸리기 시작했다.

"그분의 재능이야. 누나는 미래를 보고 지도자님은 너머를 봐. 그리고 나는……."

맷티는 입을 다물고 끔찍하게 부어오른 팔과 소매를 흠뻑 적신 고름을 내려다보았다. 그리고 씁쓸한 웃음을 터뜨렸다.

"나는 개구리를 치료할 수 있어."

18

 맹인 아저씨는 이제 혼자 남아 불안감에 떨고 있었다. 지도자가 떠난 후 아저씨는 집으로 돌아가 기다리기로 했다. 오는 길에 보니 사람들은 여전히 마을에 벽을 쌓을 준비를 하고 있었다.

 맷티와 행복하게 함께 살았던 작은 집 옆 마당에서 새로 갈아 놓은 흙냄새가 풍겨 왔다. 어제부터 딸을 위한 화단을 만들기 시작했다. 삽으로 땅을 파고 손으로 잡초도 뽑았다.

 진도 가끔 들러 맷티의 안부를 물었다. 진은 맹인 아저씨의 새 화단을 보더니 자기 꽃밭의 씨를 모두 받아 주겠다고 약속했다. 자기 화단과 똑같은 화단을 만들 수 있다고도 얘기했다. 진도 아저씨의 딸을 만나고 싶어 했다. 언니가 없으니 어쩌면 키라를 언니처럼 따를 수도 있으리라. 아저씨는 진의 목소리에서 미소를 들을 수 있었다.

하지만 그건 어제 일이었다. 진에게는 여행자들이 잘 지내며 집으로 돌아오는 중이라고 얘기했다. 아저씨도 그렇게 믿었다.

오늘 아침 지도자는 창가에서 오랫동안 꼼짝도 않고 서 있다가 마침내 보는 자에게 진실을 털어놓았다.

보는 자는 울음을 터뜨리며 고통스러워했다.

"둘 다 말인가? 내 아이 둘 다?"

보통 때 지도자는 너머를 본 후 휴식을 취했다. 하지만 이번에는 회복 시간을 갖지 않았다. 보는 자는 지도자가 방을 돌아다니며 물건을 챙기는 소리를 들었다.

"제가 떠났다는 얘기는 마을에 알리지 마세요."

"떠나? 어디로 가려는 건가?"

보는 자는 지금 막 들은 숲 속 얘기로 경황이 없었다.

"두 사람을 구해야죠. 하지만 저 인부들을 믿을 수는 없습니다. 내가 떠나 마을 사람들한테 포고문을 주지시킬 수 없다고 생각하면 저자들은 일찍 공사를 시작하고 말 겁니다. 그렇게 되면 돌아온다 해도 들어올 수가 없게 돼요."

"몰래 빠져나갈 수는 있는 건가?"

"예, 뒷길을 알고 있어요. 저들도 공사에 혼신을 쏟고 있으니

날 눈여겨보지 않을 겁니다. 어쨌든 나야말로 저들이 가장 보기 싫어하는 인물일 거예요. 내가 벽을 어떻게 생각하는지 잘 알고 있으니까."

보는 자는 지도자의 목소리에 담긴 자신감 덕분에 절망에서 빠져나올 수 있었다. 지도자는 "두 사람을 구해야죠."라고 말했다. 당연히 그는 아이들을 구할 수 있을 것이다.

"식량은 있는가? 보온 재킷은? 무기는? 마음에 들진 않지만 무기가 필요할 수도 있네."

하지만 지도자는 아니라고 했다.

"우리 재능이 무기입니다."

지도자는 이렇게 말하고 곧바로 계단을 내려갔다.

이제 보는 자는 홀로 집에 있다. 또 다시 무력감이 그를 괴롭혔다. 그는 부엌 옆 벽으로 가서 그곳에 걸려 있는 태피스트리를 만져 보았다. 키라의 선물. 보는 자는 자수로 그려 놓은 아이들의 길을 손으로 더듬어 올라가 보았다. 전에도 그 작은 땀과 수를 수도 없이 만져 본 터였다. 딸이 그리울 때마다 이렇게 만져 본 태피스트리가 아니던가. 하지만 이 산산조각 난 아침, 그의 손에 만져지는 건 엉클어진 매듭들뿐이었다. 보는 자는 죽음을 느꼈다. 그리고 죽음의 끔찍한 냄새를 맡았다.

19

밤이 끝나 가고 있었다. 둘 다 아직 살아 있었다. 맷티는 새벽에 깨어 자신이 키라 옆에 웅크리고 있는 것을 확인했다. 어제 저녁에 갈 수 있는 데까지 죽어라 움직이다가 둘 다 무너지다시피 쓰러졌다.

"키라 누나?"

목소리가 갈증으로 잔뜩 갈라졌으나, 키라는 그 목소리를 듣고 몸을 꿈틀거렸다. 키라가 눈을 떴다.

"잘 안 보여. 세상이 모두 흐릿해." 키라가 속삭였다.

"일어나 앉을 수는 있어?"

키라는 애를 써 보다가 곧바로 신음을 터뜨렸다.

"기운이 하나도 없어. 잠깐만 기다려 봐."

키라는 이렇게 중얼거리고는 깊은 숨을 들이마신 다음, 있는 힘을 다해 일어나 앉았다.

키라가 물었다.

"네 얼굴에 그게 뭐야?"

맷티는 키라가 가리킨 코 밑을 만져 보았다. 손가락에 빨간 피가 묻어 나왔다.

맷티가 당황하며 말했다.

"코에서 피가 나네."

키라는 어제 얼굴을 감쌌던 천을 내밀었다. 맷티는 그 천을 받아 코에 대고 지혈을 시도했다. 한참 후 맷티가 키라에게 물었다.

"누난 걸을 수 있겠어?"

하지만 키라는 고개를 저었다.

"미안해. 정말 미안해, 맷티."

예상은 했었다. 날카로운 나뭇가지들은 키라의 드레스를 갈기갈기 찢은 후 석양이 질 때쯤에는 다리를 공략했다. 지금 키라의 다리는 끔찍하게 찢겨 있었다. 상처가 너무 깊었다. 잔뜩 벌어진 곳마다 노란색과 분홍색의 근육과 힘줄이 드러나 치명적인 아름다움을 뽐냈다.

맷티는 아직 휘청휘청 걸을 수는 있을 것 같았다. 하지만 두 팔은 완전히 무용지물이 된 디었다. 손 또한 야수의 거대한 앞발처럼 보였다. 이젠 칼을 잡을 힘도 남아 있지 않았다.

폴짝이도 생사가 불분명했다. 강아지는 맷티의 가슴에 기댄 채 꼼짝도 하지 않았다.

갈색 도마뱀 한 마리가 혀를 날름거리고 꼬리를 흔들며 담요를 가로질러 갔다.

"너 혼자 가. 난 좀 더 잘래."

키라는 다시 누워 두 눈을 감았다.

맷티는 망가진 손으로 간신히 키라의 봇짐을 뒤졌다. 어젯밤 내팽개치다시피 벗어 놓은 그대로였다. 숨 쉬기가 힘들 정도로 통증이 심했지만 다행히 손가락을 아주 못 움직일 정도는 아니었다. 맷티는 봇짐을 풀어 자수틀을 꺼낸 다음, 갖은 애를 써서 바늘에 실까지 꿰고 키라를 흔들어 깨웠다.

"그러지 마. 깨고 싶지 않아."

"누나, 이걸 받아. 딱 한 번만 더. 제발. 지도자님이 어디 계시는지만 봐 줘."

맷티가 자수틀을 키라에게 건넸다.

키라는 눈을 깜빡거리며 마치 낯선 물건이라는 듯 바라보기만 했다. 맷티는 실을 꿴 바늘을 키라의 오른손에 쥐어 주었다.

맷티에게 뭔가가 떠올랐기 때문이다. 전에 자신이 지도자에게 했던 얘기였다. 중간에서 두 재능이 만날 수 있는지…….

하지만 키라는 다시 눈을 감았다. 맷티가 큰 소리로 키라를 다그쳤다.

"누나, 바늘을 천에 꽂아! 지도자님을 만나야 해. 어서, 누나!"

키라가 한숨을 내쉬고는 바늘을 맥없이 천에 밀어 넣었다. 자수틀은 맷티가 대신 들었다. 맷티는 키라의 손을 주시했다. 아무 일도 없었다. 아무 변화도 없었다. 맷티가 애원했다.

"다시!"

잠시 후 키라의 두 손이 날아다니고 빛이 일기 시작했다.

이틀째부터 지도자는 숲의 공격이 시작되었음을 느꼈다. 어쩌면 그 이전에 시작되었을 수도 있으나(잔가지 하나가 아슬아슬하게 눈을 빗나간 적도 있었다.) 길을 찾는 데만 몰두해 작은 상처들 따위는 개의치 않았다. 지도자는 웬만한 위험 따위는 무시하고 성큼성큼 숲 속을 헤집고 다녔다. 오직 사경의 위기에 처한 두 사람을 찾아내는 일에만 집중했다. 지금껏 먹지도 잠을 자지도 않았다.

두 번째 날 아침에는 악취를 깨닫기 시작했고, 그래서 더욱 더 걸음을 재촉했다. 지도자는 공격해 오는 나뭇가지들을 과감히 밀쳐 내고 팔과 얼굴에 난 상처를 무시했다.

그리고 마침내 막다른 길에 다다르고 말았다. 지도자는 당황해서 주변의 작은 풀숲들을 헤쳐 보았다. 그때 작은 덤불숲 어딘가에서 녹색 개구리 한 마리가 나타났다.

꾸르륵.

꾸르륵.

개구리는 진흙 위를 폴짝폴짝 뛰며 지도자 주변을 한 바퀴 돌더니 몸을 돌려 앞으로 나가기 시작했다. 놀랍게도 지도자는 개구리를 쫓고 있었다. 짙은 덤불숲을 헤치고 나가자 어느 틈에 다시 길이 시작되었다. 지도자는 안도의 한숨을 내쉬고 계속 걸었다. 잠깐 동안 길을 잃었다고 자포자기했던 터라 더욱 더 마음이 놓였다. 그러다가 결국 지도자도 숲의 공격을 깨닫기 시작했다. 우연히 가시에 찔린 것도 부주의하게 몸을 놀린 것도 아니었다. 그건 분명 숲 전체가 가해 오는 공격이었다.

갑자기 주변에 독성을 지닌 벌레들이 수도 없이 윙윙거렸다. 벌레들은 지도자의 얼굴에 달려들어 무자비하게 물어뜯었다. 중세의 성이 포위당했을 때 적들의 화살이 하늘을 덮을 정도였다는 이야기를 읽은 적이 있었다. 지금이 딱 그 처지였다. 지도자는 수천 개의 화살에 찔려 비명을 지르고 말았다.

그리고 느닷없이 벌레들이 사라졌다. 지도자는 벌레들이 재공격을 위해 전열을 가다듬는 모양이라고 생각했다. 지도자는 무조건 달려 나갔다. 벌레들을 먹이고 보호하는 습지에서 벗어나야겠다는 생각뿐이었다. 이윽고 실제로 습지가 끝나고 이번엔 마르고 단단한 길이 나왔다. 하지만 이번에는 뾰족한 바위 하나가 튀어 올라 무릎을 찢었다. 그리고 뒤따라 또 다른 돌에 손을 심하게 베였다. 지도자는 출혈로 인한 탈진을 막으려고 천으로 상처를 단단히 묶었다.

넘어지고 피를 흘리다 보니 무기를 가져올걸 그랬나 하는 생각도 잠깐 들었다. 하지만 숲으로부터 자신을 지켜 줄 무기가 도대체 뭐란 말인가? 칼이나 몽둥이로 대적하기에는 숲은 너무도 거대한 적이었다.

우리 재능이 무기예요. 보는 자한테는 그렇게 말했다. 그 말을 한 것도 너무나 아련한 과거처럼 느껴졌다. 그때는 그 말을 확신했건만 지금은 도대체 그게 무슨 뜻인지조차 기억해 낼 수가 없었다.

지도자는 잠시 조용히 서 있었다. 얼굴은 거의 형체를 알아볼 수가 없었다. 물려서 퉁퉁 부은 상처에서는 검은 액체가 새어나왔다. 면도날처럼 날카로운 바위에 베인 왼쪽 귀에서도 피가 흘러내렸다. 어느새 넝쿨 하나가 발목을 부여잡고 무릎 위로 기어오르기 시작했다. 어찌나 빨리 자라던지 움직이는 게 눈에 보일 정도였다. 이제 곧 넝쿨에 묶여 꼼짝도 못하게 될 테고, 그럼 벌레들이 돌아와 그를 끝장낼 것이다.

지도자는 숲의 중심으로 알고 있는 곳 앞에 와 있었다. 맷티와 키라가 갇힌 곳. 지도자는 마지막 힘을 다해 너머를 보기로 했다. 그에게 남은 유일한 방법이었다.

20

맷티가 쉰 목소리로 물었다.

"뭐가 보여?"

키라는 대답하지 않았다. 키라는 두 눈을 감은 채 두 손을 꿈결처럼 움직이고 있었다. 바늘이 쉴 새 없이 천을 들락거렸다.

맷티는 주변을 살피기 위해 고개를 들었다. 눈은 퉁퉁 붓고 코에서는 피가 흘러내렸다. 결국 맷티도 다시 드러눕고 말았다. 그런 가벼운 시도조차 버거워 입에서 절로 신음소리가 새어나왔다. 맷티가 몸을 움직이자 셔츠 안의 폴짝이가 맥없이 조금 꼼지락거렸다.

이렇게 엄청난 슬픔은 처음이었다. 옛날 개는 늙어서 평온하게 숨을 거두었다. 하지만 폴짝이는 이제 막 생명을 받은 강아지에 불과했다. 굉장히 활기차고, 호기심도 장난기도 많은 개구쟁이 강아지였다. 어떻게 이렇게 어린 나이에 목숨을 잃을 수 있단 말인가.

슬픈 건 그뿐만이 아니었다. 모든 것이 불쌍하고 슬펐다. 마을, 이제 마을은 더 이상 행복한 곳이 못 된다. 키라, 그 강인하고 열정적인 여인은 어디로 갔지? 그리고 지도자는? 도대체 지금 지도자한테 어떤 일이 생긴 걸까?

갑자기 키라가 눈을 번쩍 떴다. 키라가 속삭였다.

"그가 오고 있어. 바로 옆이야."

키라 옆에 웅크리고 있었던 터라 키라의 목소리는 바로 귀 옆에서 들렸다. 아주 가까운 곳에서. 하지만 동시에 소리는 무척 아련했다. 마치 키라가 아득히 먼 곳에서 움직이는 것처럼.

발목을 휘감은 넝쿨이 팽팽히 당겨지며 살갗을 파고들더니, 새로운 가지를 위로 쏘아 올렸다. 다른 넝쿨손이 덤불숲에서 빠져나와 발을 감았으나 지도자는 눈치채지 못했다. 지도자는 꿈쩍도 하지 않았다. 두 눈은 부릅뜬 채였으나, 해충으로 뒤덮인 주변 나무들도, 바짝 말라죽은 나뭇잎도, 발밑의 검고 더러운 진흙도 보고 있지 않았다. 지도자는 너머를 보았다. 아름다운 여인을 보고 있었다.

"키라." 지도자가 불렀다.

물론 말을 하는 건 지도자의 마음이었다. 인간의 목소리가 닿을 수 없는 곳인 데다 입술이 터지고 퉁퉁 부어올랐기 때문이다.

"당신이 필요해요." 키라가 대답했다.

그 말을 한 것도 역시 마음이었다. 키라 옆에서 맷티가 들은 소리라고는 직물 위를 떠다니는 손가락들의 부드러운 속삭임뿐이었다.

'너머'라는 이름의 공간에서 지도자의 혼과 키라의 혼이 만났다. 둘은 연기처럼 서로를 감아 돌며 인사를 나누었다.

키라가 말했다.

"우린 다쳤어요. 길도 잃었어요."

지도자가 대답했다.

"나도 다쳤어요. 그리고 여기 잡혀 있어요."

그 말을 끝으로 두 사람은 위험천만하게 떨어져 나왔다. 지도자는 이제 넝쿨을 느낄 수 있었다. 날카로운 이빨이 달린 줄기에 물려 무릎에 힘을 줄 수 없었다. 그놈을 뜯어내려 했지만 이미 두 손마저 붙들린 후였다.

지도자는 있는 힘을 다해 다시 키라의 혼과 접촉했다.

지도자가 말했다.

"소년한테 도움을 청해요."

"맷티 말인가요?"

"그래요. 그 아이의 진짜 이름은 아니지만. 이제 재능이 필요하다고 전하세요. 세상을 구할 힘이."

맷티는 키라의 움직임을 느꼈다. 키라가 두 눈을 뜨더니 혀를 움직여 바짝 마른 입술을 적시고 마침내 입을 열었다. 하지만 목소리가 어찌나 가냘프던지 거의 알아들을 수 없었다.

맷티는 고통을 무릅쓰고 상체를 굽혀 키라의 입 가까이에 귀를 갖다 댔다.

키라가 속삭였다.

"네 재능이 필요해."

맷티는 절망감에 뒤로 누워 버렸다. 지금껏 지도자의 지시를 따라 재능을 낭비하지 않았다. 라몬을 고쳐 주지 않았고, 키라의 굽은 다리를 내버려 뒀으며, 어린 강아지를 소생시킬 생각도 하지 않았다. 하지만 이제 늦었다. 몸이 너무 망가져 움직일 수조차 없었다. 이 몸으로 어찌 두 손을 움직이고 또 무엇을 만지라는 말인가? 도대체 뭘 고치라는 얘기인가? 이렇게 모든 것이 망가졌건만.

고통과 절망 속에서 맷티는 키라에게서 돌아서서 담요 밖으로 굴러 나왔다. 온몸으로 악취 나는 진흙을 느낄 수 있었다. 그리고 그곳에 누워 죽기를 기다렸다.

그런데 그때 두 손이 떨리기 시작했다.

21

 그건 너무도 미미한 느낌으로 시작되었다. 두 팔과 두 손의 타는 듯한 통증, 바짝 말라 버린 입술에 잡힌 끔찍한 물집들, 지끈거리는 두통, 지금껏 맷티의 몸을 괴롭혔던 이런 거대한 고통들과는 차원이 달랐다.
 이는 힘의 조용한 속삭임이었다. 맷티는 손가락 끝으로, 피부의 지문과 틈으로 느꼈다. 그 느낌은 진흙 위에 얌전히 내려놓은 손바닥을 가로질렀다.
 비록 병과 고통으로 몸을 떨고 있었지만 피가 따뜻해지며 빠른 속도로 흘러가기 시작했다. 맷티는 꼼짝도 않고 누워 있었다. 혈관을 있는 대로 두들기던 어둡고 진한 체액이 마침내 심장으로 들어가 쿵쿵거리며 날뛰기 시작했다. 피는 단호한 보폭으로 근육들을 휘젓고 다니며 붕괴된 허파가 간신히 분배해 준 미량의 에너지들을 모았다. 맷티는 용솟음치는 핏줄의 기운을 느꼈다. 핏속에서 피의 세포들을 볼 수도 있었다. 맷티는 영혼으로 피의 색깔을 보고 분자의 프리즘을 확인했다. 이제 그 모든 것이 깨어나 치유력을 운용하기 시작했다.

신경을 느낄 수도 있었다. 수백만 개의 신경 조직 하나하나가 언제라도 에너지를 방출할 준비를 마치고 팽팽한 긴장을 유지했다. 근육 섬유도 크고 단단히 부풀어 올랐다.

맷티는 헐떡거리며 재능을 소환했다. 그 힘을 어떻게 운용할지는 알지도 못했다. 그저 대지를 움켜쥔 두 손의 힘이 꿈틀거리며 이 죽어 가는 세계 속으로 흘러들어가는 걸 느낄 뿐이었다. 그리고 문득 맷티는 바로 이 일을 위해 자신이 선택되었음을 깨달았다.

옆에 누워 있는 키라의 호흡이 안정되기 시작했다. 거의 혼수 상태에 빠져 있었건만 지금은 편안한 잠으로 바뀌어 있었다.

조금 떨어진 곳에서는 지도자가 머뭇거리며 한 발을 들어 보았다. 발목을 휘감았던 넝쿨은 더 이상 느껴지지 않았다. 지도자는 두 눈을 떴다.

마을에는 산들바람이 불었다. 바람은 라몬네 가족이 살고 있는 집 창문을 통해 안으로 들어갔다. 라몬이 갑자기 침대에서 일어나 앉았다. 벌써 며칠째 꼼짝도 못 하고 누워만 있었는데 온몸의 열이 조금씩 빠져나가고 있었다.

산들바람이 맹인 아저씨네 집 열린 창으로 들어와 태피스트리의 한 끝을 들어 올렸다. 손을 대 보니 자수와 바늘땀은 옛날처럼 다시 평평하고 부드러워졌다.

맷티는 신음을 내뱉으며 두 손으로 더 세게 대지를 눌렀다. 맷티의 힘과 피와 호흡이 일제히 땅속으로 들어가고 있었다. 그의 생각과 영혼은 이제 대지의 일부가 되었다. 맷티는 육신에서 일어나 대기를 떠돌기 시작했다. 그는 무중력 세계에서 세속적 자아가 고통을 통해 시들어 가는 과정을 지켜보았다. 맷티는 기꺼이 자신을 내주었다. 자신이 사랑하고 소중히 여기는 모든 것을 위해 자기 자신을 거래했다. 그리고 자유를 느꼈다.

지도자가 걷기 시작했다. 얼굴을 만져 보니 마치 지우개로 지운 듯 상처가 말끔히 사라져 있었다. 덤불숲이 뒤로 물러서며 산길이 더욱 명료해졌고, 나뭇잎들은 새로운 녹색을 부여받고 씨앗을 맺었다. 노란 나비 한 마리가 수풀 위에 내려앉았다가 잠시 머뭇거리더니 다시 하늘로 날아올랐다. 다시 둥글어진 돌들이 오솔길 가로 죽 이어져 있고, 나뭇잎 지붕 사이로 햇살이 비쳐 들어왔다. 공기는 신선했다. 가까운 곳에서 시냇물 흐르는 소리가 들렸다.

맷티는 모든 것을 보고 들을 수 있었다. 맷티는 진을 보았다. 진은 정원 옆에서 아버지에게 행복한 인사를 전했다. 조언자의 모습도 보였다. 조언자는 다시 구부정해졌고, 손에 책 한 권을 들고 학교로 나서며 딸에게 손을 흔들었다. 얼굴은 다시 모반으로 얼룩졌으나 대신 시가 돌아왔다. 맷티는 조언자가 시를 낭송하는 소리를 들었다.

> 오늘 오솔길엔 주자들이 모두 돌아오고
> 우린 그대를 어깨 위에 메고 집으로 돌아가,
> 조용히 문간에 내려놓네.
> 더 조용해진 마을의 주민이여.

맷티는 벽을 세우던 사람들이 일손을 내려놓고 돌아가는 것을 보았다.
맷티는 새로운 사람들이 저마다의 언어로 부르는 노랫소리를 들었다. 수백 개의 서로 다른 언어이나 그들은 서로를 이해했다. 상처 자국 있는 여인이 아들과 함께 그 사이에 자랑스럽게 서 있는 모습도 보았다. 마을 사람들이 다가와 귀를 기울여 주었다.

맷티는 숲을 보았다. 이제 보는 자의 말이 이해되었다. 그건 환상이었다. 스스로를 위장하고 모든 것을 파괴하는 공포이자 기만이며, 권력을 향한 추악한 갈등이었다. 이제 숲이 열리고 있었다. 만개하는 꽃처럼 온갖 가능성의 빛을 발하고 있었다.

맷티는 허공을 떠돌며 자신의 몸이 굳어 가고 호흡이 걷히는 모습을 지켜보았다. 맷티는 한숨을 내쉬고 마침내 미련을 내려놓았다. 마음이 평화로웠다.

맷티는 키라가 깨어나는 것을 보고, 지도자가 키라를 찾아내는 것도 보았다.

키라는 개울에서 헝겊을 적셔 와 맷티의 평온한 얼굴을 씻겨 주었다. 지도자가 맷티를 뒤집어 뉘었다. 키라는 맷티를 보며 하염없이 울었다. 다행히 끔찍한 상처는 모두 사라졌다. 팔과 손을 씻어 내자 상처 하나 없이 단단하고 깨끗한 피부가 드러났다.

"아주 어렸을 때부터 이 아이를 지켜봤어요. 그땐 늘 더러운 얼굴로 사고만 치고 다녔죠."

키라가 훌쩍거리며 맷티의 머리카락을 빗겼다.

"스스로 세계 최고의 개차반이라며 자랑스러워했으니까요."

지도자가 미소를 지었다.

"그땐 그랬지만 그건 이 아이의 진짜 이름이 아닙니다."

키라가 두 눈을 훔쳤다.

"이 여행이 끝나면 진짜 이름을 얻고 싶다고 했어요."

"그렇게 되었을 거예요."

"메신저가 되고 싶다고 했어요."

키라의 말에 지도자가 고개를 저었다.

"아닙니다. 과거에도 메신저는 있었고, 앞으로 더 많은 메신저가 나올 겁니다."

지도자는 몸을 숙이고 맷티의 감긴 두 눈 위에 손을 갖다 댔다.

"얘야, 네 진짜 이름은 치유자란다."

그때 갑자기 수풀에서 바스락거리는 소리가 들려 두 사람은 깜짝 놀랐다.

키라가 놀라서 물었다.

"무슨 소리죠?"

키라의 목소리를 듣고 지푸라기를 잔뜩 뒤집어 쓴 강아지가 폴짝 튀어나왔다.

"폴짝아!"

키라는 강아지를 품에 앉았다. 강아지가 키라의 손을 핥았다.

지도자는 조심스럽게 소년의 몸을 안고 고향으로 데려갈 준비를 했다. 멀리서 곡소리가 들리기 시작했다.

옮긴이의 말

『메신저』: 더 비기닝(The Beginning)

　　『메신저』는 로이스 로리의 SF 삼부작, 『기억 전달자』, 『파랑 채집가』의 연작입니다. 로이스 로리는 뉴베리 상을 두 번이나 수상한 최고의 청소년 문학 작가로, 이 삼부작의 출발인 『기억 전달자』가 그 두 번째 수상작이었죠(1993년). SF 삼부작을 통해, 로리는 미래의 가상 사회를 만들어 놓고 우리로 하여금 그 가능성과 의미를 생각하게 합니다. 이미 읽으셨겠지만, 『기억 전달자』는 질서와 안정을 최우선으로 여기는 철저한 통제 사회였지요. 작가는 아마도 획일적 통제를 통한 이상과 완벽의 추구가 얼마나 위험하고 허망한지 경고하려 했을 겁니다. 『파랑 채집가』는 그와 반대로 핵전쟁 이후 폭력과 폭압이 판치는 야만 사회였습니다. 이제 로리는 『메신저』를 통해 두 세계의 장점만을 적절하게 모아 놓은 또 다른 세상 이야기를 들려줍니다.

조금 전 『메신저』를 전작들의 후속편이라고 했지만 『기억 전달자』와 『파랑 채집가』를 읽지 않으면 내용 이해가 어렵다는 뜻은 아닙니다. 물론 두 소설의 주인공, 『기억 전달자』의 조나스는 어른이 되어 지도자가 되었고, 『파랑 채집가』의 키라와 '맷티'라는 이름으로 맷이 다시 등장하기는 합니다. 하지만 로리의 SF 삼부작은 사람이 아니라 사회에 대한 이야기이므로, 반드시 두 소설을 먼저 읽을 필요는 없습니다. (아, 순서대로 읽으면 당연히 조금 더 친숙하고 재미도 더 커질 겁니다.) 『메신저』는 앞의 두 소설이 그려내는 '비정상적인' 사회에서 쫓겨나거나 탈출한 사람들이 모여 아주 '멋진' 사회를 만듭니다. 맷티를 비롯해 지도자 조나스와 보는 자까지, 『메신저』의 주인공들은 모두 과거 세계와 자신들의 상징적인 죽음을 거쳐 이곳 마을에서 부활하죠. 이 마을은 상처받고 버림받은 사람들을 돌봐 주고 서로 사랑하고, 또 표현과 행동의 자유가 보장된 세상입니다. (그들 자신이 버림받고 사랑받지 못했던 사람들이기에 그런 멋진 세상을 만들 수 있었겠죠?) 하지만 로리는 바로 그 '멋진' 사회마저 해부하고 실험하려 합니다.

『메신저』는 사실 SF보다는 판타지에 가깝습니다. 무엇보다도 전편의 두 세계와 달리, 현재 우리가 사는 자유 세계와 무척이나 닮아 있기도 하지만 과거 상징적으로만 존재하던 주인공들의 초능력이(예를 들어 조나스는 너머를 보고, 키라는 미래를 봅니다. 맷티는 치유 능력이 있죠.) 실제로 소설의 가장 중요한 요소로 기능합니다. 그뿐 아니라 『메신저』의 숲은 실제로 살아 있는 인격체처럼 생각하고 변화하며 심지어 상대를 골라 공격까지 합니다.(원서에서도 'Forest'의 첫 글자를 대문자로 표현함으로써 숲을 특별한 등장인물로 그리고 있답니다.) 그리고 조언자를 비롯한 마을 사람들의 외모와 성격이 점점 (물리적으로) 바뀌는 점도 눈여겨볼 판타지 요소입니다. 물론 판타지 소설이 대개 그렇듯, 『메신저』는 전작에 비해서도 우화와 상징이 많이 등장합니다. 예를 들어, 거래장에서 이루어지는 '거래'는 어떤 의미일까요? 사람들이 빈손으로 왔다가 뭔가를 얻어 간다는 설정은 어떻게 나온 거죠? 또 숲은 왜 점점 짙어지고 사람들의 길을 막는 걸까요? 친구 라몬의 병을 통해 작가 로리는 실제로 어떤 얘기를 하고 싶은 거죠? 이 소설이 전편보다 조금 더 어렵고 낯설게 느껴진다면, 그건 우리가 이해해야 할 상징들이 더 많아졌기 때문일 겁니다.

조금 전에 지적했듯, 『기억 전달자』와 『파랑 채집가』의 세계에서 방출되거나 탈출한 사람들이 만든 미래 사회이기는 해도, 『메신저』야말로 두 소설보다 지금의 우리 세계와 닮았습니다. 실상이야 어떻든, 자유 세계는 표현과 행동의 자유를 보장하고, 아프고 약하고 가난한 사람들을 돌보며, 또 능력과 노력에 따른 개인의 성공을 보장하고 싶어 하니까요. 그런 의미에서 본다면 거래장은 그런 이념을 위협하는 현대 물질문명에 대한 비판으로 읽을 수 있을 겁니다. 조언자처럼, 외모와 소유에 집착하는 순간 우리의 마음과 마을은 닫히고 결국 이기적이고 배타적인 공간으로 떨어지고 말겠죠. 마을 사람들이 벽을 쌓거나 숲이 스스로 길을 닫는 것도, 결국은 우리들의 가장 소중한 이념을 화려한 옷이나 게임기 따위와 바꿔 주는 거래장의 물질만능주의가 원인일 것 같네요. 로리가 이 책을 판타지로 만들려고 한 것도 그 때문이 아닐까요? 그렇지 않으면 『메신저』는 청소년 문학이 아니라 사회 고발 소설이 되고 말 테니까요.

하나만 더 생각해 보기로 해요……. 작가 로리가 그리고자 했던 세상이 현재 우리 사회의 모습이라면, 그래서 과도한 시장 경제로 인한 개인화, 물질화를 우려해 나름대로 '치유 방법'을 제시하려 했다면, 『메신저』는 새로운 출발점이기도 할 겁니다. 그러니까 요즘 유행하는 《스타트랙: 더 비기닝》, 《배트맨 비긴스》처럼 말입니다. 어쩌면 작가는 먼저『기억 전달자』와『파랑 채집가』에서 우리 인류가 직면한 미래 사회의 두 가지 모형을 제시하고,『메신저』에서 우리에게 그 위험을 경고하는 동시에 어떻게든 우리 세계의 병폐들을 '치유'하고자 한 게 아닐까요? 만일 조언자 무리들이 벽을 세우고, 숲이 완전히 길을 닫아 버리고, 조나스와 키라가 만나지 못했더라면, 맷티의 마을은 어떻게 되었을까요? 자신과 다르거나 자신들이 세운 기준에 적합하지 않다는 이유로 사람들을 쫓아내거나(『기억 전달자』), 아니면 서로 싸움을 벌여 결국 황폐한 황무지가 되지 않았을까요(『파랑 채집가』)? 그래서 맹인 아저씨를 비롯한 주인공들이 모두 '보는 자'여야 했을 뿐 아니라(지도자와 키라 역시 '너머를 보고,' 또 '미래를 보는 자'였죠.), 모두가 피폐한 미래 사회에서 온 사람들이어야 했을지도 모릅니다. 그런 식의 물질문명과 이기주의가 미래에 어떤 사회를 낳을지 알아야 하니까요.

이 세상을 '치유하기 위해' 로리가 내놓은 해결책이 대화나 포용력일 수도 있고, 아니면 (조나스와 키라의 결합으로 상징되는) 사랑일 수도 있습니다. 아니면 또 다른 뭔가가 있을 수도 있겠죠. 어떤 책이나 마찬가지겠지만, 궁극적인 해석은 항상 여러분 몫이어야 합니다.『메신저』는 상징이 많은 소설입니다. 얼마든지 여러분이(개인으로든 단체로든) 문제를 제기하고 또 해답을 고민해 볼 수 있을 겁니다. 예를 들어, 주인공 맷티의 진짜 이름은 '치유자'입니다. 하지만 그가 원했던 이름은 메신저였죠. 그 두 이름은 어떤 관계가 있을까요? 맷티는 마지막에 땅에 손을 댔지만 그건 상징적인 행동에 지나지 않을 수도 있습니다. 그가 세상을 '치유'하기 위해 한 궁극적인 행동은 어떤 것이었죠? 또 숲은 여러 의미로 해석될 수 있지만 처음부터 마을 사람들은 숲을 두려워합니다. 이유가 뭘까요? 그밖에도 여러 가지 방법이 있겠지만, 『메신저』를 현재 우리 사회와 비교해 보는 것도 의미가 있을 겁니다. 우리 사회는 어떤 장점과 약점이 있죠? 우리 사회의 장점을 지키고 단점을 치유하기 위해 우리가 해야 할 일은 뭘까요?

조영학

메신저

1판 1쇄 펴냄 | 2011년 12월 25일
1판 16쇄 펴냄 | 2023년 9월 4일

지은이 로이스 로리
옮긴이 조영학
펴낸이 박상희
편집주간 박지은
디자인 박진범
펴낸곳 (주)비룡소
출판등록 1994. 3. 17. (제16-849호)
주소 (06027) 서울시 강남구 도산대로1길 62 강남출판문화센터 4층
전화 02) 515-2000 | **팩스** 02) 515-2007 **홈페이지** www.bir.co.kr
제품명 어린이용 반양장 도서 **제조자명** (주)비룡소 **제조국명** 대한민국 **사용연령** 3세 이상

ISBN 978-89-491-2311-0 44840
ISBN 978-89-491-2053-9 (세트)

| 블루픽션 시리즈

1. 스켈리그 데이비드 알몬드 글/ 김연수 옮김
안데르센 상, 엘리너 파전 문학상, 카네기 상, 휘트브레드 상, 마이클 L.프린츠 상,
어린이도서연구회 권장 도서, 책교실 권장 도서, 중앙독서교육 추천 도서

2. 운하의 소녀 티에리 르냉 글/ 조현실 옮김
소르시에르 상, 어린이도서연구회 권장 도서

4. 0에서 10까지 사랑의 편지 수지 모건스턴 글/ 이정임 옮김
밀드레드 L. 배첼더 상, 어린이도서연구회 권장 도서

5. 희망의 섬 78번지 우리 오를레브 글/ 유혜경 옮김
안데르센 상 수상 작가, 밀드레드 L. 배첼더 상, 머더카이 상, 아침햇살 선정 좋은 어린이 책,
중앙독서교육 추천 도서, 책교실 권장 도서, 책따세 추천 도서

6. 룩스 극장의 연인 자닌 테송 글/ 조현실 옮김
프랑스 '올해의 청소년 책', 소르시에르 상, 어린이도서연구회 권장 도서, 열린 어린이가 뽑은 좋은 책

7. 시인 X 엘리자베스 아체베도 글/ 황유원 옮김
카네기상, 내셔널 북 어워드, 마이클 L. 프린츠 상, 보스턴 글로브 혼 북 상, 골든 카이트 어워드,
아침독서 추천 도서

9. 이매지너리 프렌드 매튜 딕스 글/ 정회성 옮김

10. 초콜릿 전쟁 로버트 코마이어 글/ 안인희 옮김
미국 도서관 협회 선정 도서, 뉴욕타임스 선정 도서, 어린이도서연구회 권장 도서

11. 전갈의 아이 낸시 파머 글/ 백영미 옮김
뉴베리 상, 국제 도서 협회 선정 도서, 마이클 L. 프린츠 상, 책교실 권장 도서, 어린이도서연구회 권장 도서

13. 나의 산에서 진 C. 조지 글/ 김원구 옮김
뉴베리 상, 미국 도서관 협회 선정 도서, 어린이도서연구회 권장 도서,
열린 어린이가 뽑은 좋은 책, 책교실 권장 도서

15. 우리 형은 제시카 존 보인 글/ 정회성 옮김
줏대있는 어린이 추천 도서

17. 푸른 황무지 데이비드 알몬드 글/ 김연수 옮김
안데르센 상, 엘리너 파전 문학상, 스마티즈 상, 마이클 L.프린츠 상, 어린이도서연구회 권장 도서

18. 킬리만자로에서, 안녕 이옥수 글
학교도서관저널 추천 도서

20. 기억 전달자 로이스 로리 글/ 장은수 옮김
뉴베리 상, 보스턴 글로브 혼 북 명예상, 어린이도서연구회 권장 도서,
열린 어린이가 뽑은 좋은 책, 교보문고 추천 도서

22. 내 인생의 스프링캠프 정유정 글
세계청소년문학상, 문화관광부 교양 도서, 어린이도서연구회 권장 도서,
교보문고 추천 도서, 학도넷 추천 도서

23. 줄무늬 파자마를 입은 소년 존 보인 글/ 정회성 옮김
아일랜드 '오늘의 책', 행복한 아침독서 추천 도서, 교보문고 추천 도서

25. 파랑 채집가 로이스 로리 글/ 김옥수 옮김
어린이도서연구회 권장 도서

26. 하이킹 걸즈 김혜정 글
블루픽션상, 한국문화예술위원회 우수문학도서, 책따세 추천 도서, 학도넷 추천 도서

27. 지구 아이 최현주 글
제11회 블루픽션상 수상작

28. 나는 브라질로 간다 한정기 글
황금도깨비상 수상 작가, 소년조선일보 추천 도서, 중앙일보 추천 도서

29. 키싱 마이 라이프 이옥수 글
한국문화예술위원회 우수문학도서, 어린이도서연구회 권장 도서, 교보문고 추천 도서,
전국독서새물결모임 추천 도서, 학교도서관저널 추천 도서

30. 꼴찌들이 떴다! 양호문 글
블루픽션상, 행복한 아침독서 추천 도서, 교보문고 추천 도서, 책따세 추천 도서,
경기도학교도서관사서협의회 추천 도서, 중앙일보 북클럽 추천 도서

31. 우연한 빵집 김혜연 글
문학나눔 선정 도서, 학교도서관저널 추천 도서, 책따세 추천 도서, 아침독서 추천 도서,
어린이도서연구회 추천 도서

32. 생쥐와 인간 존 스타인벡 글/ 정영목 옮김
미국 도서관 협회 선정 도서, 국립어린이청소년도서관 추천 도서

33. 두 개의 달 위를 걷다 샤론 크리치 글/ 김영진 옮김
뉴베리 상, 미국 어린이 도서상, 스마티즈 북 상, 영국독서협회 상 수상작,
경기도학교도서관사서협의회 추천 도서, 학도넷 추천 도서

34. 침묵의 카드 게임 E. L. 코닉스버그 글/ 햇살과나무꾼 옮김
스쿨 라이브러리 저널 선정 최고의 책, 에드거 앨런 포 상 노미네이트,
경기도학교도서관사서협의회 추천 도서, 아침독서 추천 도서

35. 빅마우스 앤드 어글리걸 조이스 캐럴 오츠 글/ 조영학 옮김
스쿨 라이브러리 저널 선정 최고의 책, 미국 도서관 협회 선정 최고의 청소년 책,
뉴욕 공립 도서관 추천 도서, 학교도서관저널 추천 도서

36. 서쪽 마녀가 죽었다 나시키 가오 글/ 김미란 옮김
소학관 문학상, 일본 아동문학가협회 신인상, 한국간행물윤리위원회 청소년 권장 도서,
어린이도서연구회 권장 도서, 아침독서 추천 도서, 책따세 추천 도서

37. 닌자걸스 김혜정 글
전국학교도서관담당교사모임 추천 도서, 아침독서 추천 도서

38. 첫사랑의 이름 아모스 오즈 글/ 정회성 옮김
안데르센 상, 제브 상

39. 하니와 코코 최상희 글
블루픽션상, 사계절문학상 수상 작가, 학교도서관저널 추천 도서

40. 파랑 치타가 달려간다 박선희 글
제3회 블루픽션상 수상작, 학교도서관저널 추천 도서, 아침독서 추천 도서,
어린이도서연구회 권장 도서, 책따세 추천 도서, 문화체육관광부 우수교양도서

41. 나는, K다 이옥수 글
학교도서관저널 추천 도서

42. 어쩌자고 우린 열일곱 이옥수 글
한국도서관협회 우수문학도서, 학교도서관저널 추천 도서

43. 앉아 있는 악마 김민경 글

44. 최후의 Z 로버트 C. 오브라이언 글/ 이진 옮김
뉴베리 상 수상 작가

46. 줄리엣 클럽 박선희 글
제3회 블루픽션상 수상 작가, 대한출판문화협회 선정 올해의 청소년 도서,
한국도서관협회 선정 우수문학도서

47. 번데기 프로젝트 이제미 글
제4회 블루픽션상 수상작

48. 똥보가 세상을 지배한다 K.L. 고잉 글/ 정화성 옮김
마이클 L. 프린츠 아너 상

49. 파랑 피 메리 E. 피어슨 글/ 황소연 옮김
미국학교도서관저널, 미국도서관협회 선정 청소년 분야 '최고의 책',
학교도서관저널 추천 도서, 책따세 추천 도서

50. 판타스틱 걸 김혜정 글
제1회 블루픽션상 수상 작가, 대한출판문화협회 선정 올해의 청소년 도서,
고래가 숨쉬는 도서관 선정 도서, 한국도서관협회 선정 우수문학도서,
경기도학교도서관사서협의회 추천 도서

51. 어쨌거나 스무 살은 되고 싶지 않아 조우리 글
제12회 블루픽션상 수상작

52. 우리들의 짭조름한 여름날 오채 글
마해송 문학상 수상 작가, 한국도서관협회 선정 우수문학도서,
국립어린이청소년도서관 추천 도서, 경기도학교도서관사서협의회 추천 도서,
2017 순천시 One City One Book 선정 도서

53. 웰컴, 마이 퓨처 양호문 글
제2회 블루픽션상 수상 작가, 대한출판문화협회 선정 올해의 청소년 도서,
경기도학교도서관사서협의회 추천 도서

54. 초록 눈 프리키는 알고 있다 조이스 캐럴 오츠 글/ 부희령 옮김
미국 내셔널북어워드, 오헨리 상 수상 작가, 경기도학교도서관사서협의회 추천 도서,
국립어린이청소년도서관 추천 도서

56. 메신저 로이스 로리 글/ 조영학 옮김
뉴베리 상, 보스턴 글로브 혼 북 명예상 수상 작가, 경기도학교도서관사서협의회 추천 도서

59. 고백은 없다 로버트 코마이어 글/ 조영학 옮김
전미 도서관 협회 선정 청소년을 위한 최고의 책,
퍼블리셔스 위클리 선정 최고의 책, 북리스트 편집자의 선택

61. 개 같은 날은 없다 이옥수 글
2013 서울 관악의 책 , 목포시립도서관 추천 도서 , 울산남부도서관 올해의 책,
책따세 추천 도서, 한국간행물윤리위원회 청소년 권장 도서, 한국도서관협회 우수문학도서,
국립어린이청소년도서관 추천 도서

63. 명탐정의 아들 최상희 글
제5회 블루픽션상 수상 작가, 문화체육관광부 우수교양도서

64. 갈까마귀의 여름 데이비드 알몬드 글/ 정회성 옮김
안데르센 상, 엘리너 파전 문학상, 카네기 상, 휘트브레드 상 수상 작가

65. 파랑의 기억 메리 E. 피어스 글/ 황소연 옮김

67. 하필이면 왕눈이 아저씨 앤 파인 글/ 햇살과나무꾼 옮김
카네기 메달, 가디언 어린이 픽션 상

68. 반드시 다시 돌아온다 박하령 글
제10회 블루픽션상 수상작, 학교도서관저널 추천 도서, 세종도서 문학나눔 선정 도서

69. 원더랜드 대모험 이진 글
제6회 블루픽션상 수상작, 국립어린이청소년도서관 추천 도서, 아침독서 추천 도서

70. 나는 일어나, 날개를 펴고, 날아올랐다 조이스 캐럴 오츠 글/ 황소연 옮김
미국 내셔널북어워드, 오헨리 상 수상 작가

71. 칸트의 집 최상희 글
제5회 블루픽션상 수상 작가, 아침독서 추천 도서, 세종도서 문학나눔 선정 도서

72. 태양의 아들 로이스 로리 글/ 조영학 옮김
뉴베리 상, 보스턴 글로브 혼 북 명예상 수상 작가

73. 마법의 꽃 정연철 글
푸른문학상 수상 작가, 세종도서 문학나눔 선정 도서, 학교도서관저널 추천 도서

74. 파라나 이옥수 글
학교도서관저널 추천 도서, 사계절문학상 수상 작가, 책따세 추천 도서, 국립어린이청소년도서관
추천 도서, 세종도서 문학나눔 선정 도서, 아침독서 추천 도서

75. 그 여름, 트라이앵글 오채 글
마해송 문학상 수상 작가, 국립어린이청소년도서관 추천 도서, 아침독서 추천 도서

76. 밀레니얼 칠드런 장은선 글
제8회 블루픽션상 수상작, 학교도서관저널 추천 도서, 아침독서 추천 도서

77. 아르주만드 뷰티 살롱 이진 글
블루픽션상 수상작가, 한국출판문화진흥원 우수 콘텐츠 제작 지원 당선작

78. 굿바이 조선 김소연 글

80. 당첨되셨습니다 – SF 앤솔러지 길상효 오정연 전혜진 정재은 홍준영 곽유진 홍지운
이지은 이루카 이하루 글

81. 순례 주택 유은실 글
2021 중구민 한 책 선정, 2022 광주시 동구 올해의 책, 2022 미추홀구의 책,
2022 양주시 올해의 책, 2022 원 북 원 부산 올해의 책, 2022 원 북 원 포항 올해의 책,
2022 원주시 한 도시 한 책 읽기 선정 도서, 2022 익산시 올해의 책,
2022 전남도립도서관 올해의 책, 2022 전주시 올해의 책, 2022 평택시 올해의 책,
국립어린이청소년도서관 추천 도서, 문학나눔 우수문학 도서,
서울시 교육청 어린이도서관 추천 도서, 아침독서 추천 도서, 2022 대구 올해의 책,
2023 청주, 구미, 금산군 올해의 책

82. 녀석의 깃털 윤해연 글
학교도서관저널 추천 도서, 문학나눔 우수문학 도서

83. 모두의 연수 김려령 글

⊙ 계속 출간됩니다.